百部红色经典

血 字

殷夫 著

北京联合出版公司
Beijing United Publishing Co.,Ltd.

图书在版编目（CIP）数据

血字 / 殷夫著. -- 北京：北京联合出版公司，
2021.7（2023.7重印）
（百部红色经典）
ISBN 978-7-5596-5083-2

Ⅰ.①血…　Ⅱ.①殷…　Ⅲ.①诗集－中国－现代
Ⅳ.①I226

中国版本图书馆CIP数据核字(2021)第030819号

血字

作　　者：殷　夫
出 品 人：赵红仕
责任编辑：夏应鹏
封面设计：王　鑫

北京联合出版公司出版
（北京市西城区德外大街83号楼9层 100088）
北京新华先锋出版科技有限公司发行
涿州汇美亿浓印刷有限公司印刷　新华书店经销
字数325千字　787毫米×1092毫米　1/16　19印张
2021年7月第1版　2023年7月第3次印刷
ISBN 978-7-5596-5083-2
定价：49.00元

出版前言

　　为庆祝中国共产党成立 100 周年，全面展现中国共产党成立以来中华民族辉煌的发展历程、取得的伟大成就和宝贵经验，集中体现中华民族的文化创造力和生命力，北京联合出版公司策划了"百部红色经典"系列丛书，希望以文学的形式唱响礼赞新中国、奋斗新时代的昂扬旋律。

　　本套丛书收录了近一百年来，描绘我国人民在中国共产党的领导下艰苦奋斗、开拓创新、改革开放的壮美画卷，充分展现我国社会全方位变革、反映社会现实和人民主体地位、弘扬社会主义核心价值观、讴歌中华民族伟大复兴中国梦的 100 部文学经典力作。

　　本套丛书汇集了知侠、梁晓声、老舍、李心田、李广田、王愿坚、马烽、赵树理、孙犁、冯志、杨朔、刘白羽、浩然、李劼人、高云览、邱勋、靳以、韩少功、周梅森、石钟山等近百位具有代表性的中国现当代著名作家。入选作品中，有国民革命时期探索革命道路的《革命的信仰》《中国向何处去》，有描写抗日战争的《铁道游击队》《敌后武工队》《风云初记》《苦菜花》，有描绘解放战争历史画卷的《红嫂》《走向胜利》《新儿女英雄续传》，有展现新中国建设历程的《三里湾》《沸腾的群山》《激情燃烧的岁月》，有寻找和重建民族文化自信的《四面八方》，也有改革开放后反映中国社会现状、探索中国道路的《中国制造》，同时还收录了展现革命英雄人物光辉事迹的《刘胡兰传》《焦裕禄》《雷锋日记》等。

本套丛书讲述了丰富多样的中国故事，塑造了一大批深入人心的中国形象，奏响了昂扬奋进的中国旋律。这些经历了时间检验的文学作品，在艺术表现形式、文学叙述方式和创作技巧等方面都具有开拓性和创造性，作品的质量、品位、风格、内涵等方面都具有很高的水准，都是有筋骨、有道德、有温度的优秀作品，很多作家的作品都曾荣获"五个一工程奖""茅盾文学奖""鲁迅文学奖""国家图书奖"等奖项。

为将该套丛书打造成为集思想性、艺术性、时代性为一体，展现新时代文学艺术发展新风貌的精品图书，北京联合出版公司成立了由出版界、文学艺术界的资深专家和学者组成的编辑委员会。他们从文学作品的历史价值、文学价值、学术价值、现实意义等维度对作品进行了深入细致的研读和筛选，吸收并借鉴了广大读者的意见与建议，对入选作品进行深入细致的分析与综合评定，努力将"百部红色经典"系列丛书打造成为政治性、思想性和艺术性和谐统一的优秀读物，向伟大的中国共产党成立 100 周年这一光荣的日子献礼！

目 录

辑 一

白莽作《孩儿塔》序 / 002

续 记 / 004

"孩儿塔"上剥蚀的题记 / 006

放脚时代的足印 / 007

人 间 / 009

呵，我爱的 / 010

在一个深秋的下午 / 011

挽 歌 / 012

醒 / 013

白 花 / 014

我们初次相见 / 015

清 晨 / 016

祝—— / 017

致纺织娘 / 019

花 瓶 / 022

宣 词 / 024

孤 独 / 027

独立窗头 / 029

孤 泪 / 030

给某君 / 031

东方的玛利亚——献母亲 / 032

感 怀 / 033

地 心 / 034

虫 声 / 035

青春的花影 / 036

失了影子的人 / 037

我还在异乡 / 039

给—— / 041

心 / 042

归 来 / 043

星 儿 / 044

给母亲 / 046

夜 起 / 047

你已然胜利了 / 049

我爱了…… / 050

自　恶 / 051

生命，尖刺刺 / 053

Epilogue / 055

给—— / 057

残　歌 / 059

飘遥的东风 / 062

干涸的河床 / 063

致 F / 064

别的晚上 / 065

想 / 066

给—— / 068

旧　忆 / 070

死去的情绪 / 071

我醒时…… / 072

现　在 / 073

无题的 / 074

春 / 076

写给一个姑娘 / 078

赠朝鲜女郎 / 080

梦中的龙华 / 082

春天的祷词 / 084

月夜闻鸡声 / 085

寂寞的人 / 086

给林林 / 088

给　茂 / 089

幻　象 / 091

夜的静…… / 092

残酷的时光，我见你…… / 093

记起我失去的人 / 094

是谁又…… / 096

短期的流浪中 / 097

孩儿塔 / 099

妹妹的蛋儿 / 101

辑 二

在死神未到之前 / 104

呵，我们踯躅于黑暗的丛林里！ / 126

梅儿的母亲 / 128

怀拜轮 / 130

血 字 / 131

一九二九年的五月一日 / 141

诗四首 / 148

我们的诗 / 153

诗三篇 / 158

与新时代的青年 / 162

伟大的纪念日中 / 164

写给一个新时代的姑娘 / 166

囚窗（回忆） / 168

前进吧，中国！ / 169

奴才的悲泪——献给胡适之先生 / 171

五一歌 / 173

巴尔底山的检阅 / 175

我们是青年的布尔塞维克 / 176

辑 三

音乐会的晚上 / 180

King Coal——流浪笔记之一 / 194

监房的一夜 / 200

小母亲 / 205

"March 8"s / 215

被奥伏赫变的话 / 227

李卜克内西生平事略 / 228

血淋淋的"一一三"惨案 / 235

又是一笔血债 / 240

写给一个哥哥的回信 / 243

暴风雨的前夜 / 248

给姊姊徐素云的一封信 / 250

过去文化运动的缺点和今后的任务 / 251

辑 四

格 言 / 258

Petoefi Sandor 诗九篇 / 259

青年的进军曲 / 265

一个青年女革命家的小史 / 267

彼得斐 · 山陀尔行状 / 270

附 录

中国无产阶级革命文学和前驱的血 / 284

为了忘却的记念 / 286

鲁迅致白莽（殷夫）信 / 293

辑 一

白莽作《孩儿塔》序[1]

鲁迅

春天去了一大半了，还是冷；加上整天的下雨，淅淅沥沥，深夜独坐，听得令人有些凄凉，也因为午后得到一封远道寄来的信，要我给白莽的遗诗写一点序文之类；那信的开首说道："我的亡友白莽，恐怕你是知道的罢。……"——这就使我更加惆怅。

说起白莽来，——不错，我知道的。四年之前，我曾经写过一篇《为了忘却的记念》，要将他们忘却。他们就义了已经足有五个年头了，我的记忆上，早又蒙上许多新鲜的血迹；这一提，他的年青的相貌就又在我的眼前出现，像活着一样，热天穿着大棉袍，满脸油汗，笑笑的对我说道："这是第三回了。自己出来的。前两回都是哥哥保出，他一保就要干涉我，这回我不去通知他了。……"——我前一回的文章上是猜错的，这哥哥才是徐培根，航空署长，终于和他成了殊途同归的兄弟[2]；他却叫徐白，较普通的笔名是殷夫。

一个人如果还有友情，那么，收存亡友的遗文真如捏着一团火，常要觉得寝食不安，给它企图流布的。这心情我很了然，也知道有做序文之类的义务。我所惆怅的是我简直不懂诗，也没有诗人的朋友，偶尔一有，也终至于闹开，不过和白莽没有闹，也许是他死得太快了罢。现在，对于他的诗，我一句也不说——因为我不能。

这《孩儿塔》的出世并非要和现在一般的诗人争一日之长，是有别一种意义在。这是东方的微光，是林中的响箭，是冬末的萌芽，是进军的第一步，是对于前驱者的爱的大纛，也是对于摧残者的憎的丰碑。一切所谓圆熟简练，静穆幽远之作，都无须来作比方，因为这诗属于别一世界。

---

[1] 1930 年初，殷夫自编诗集《孩儿塔》，署名白莽。殷夫牺牲后，"齐涵之"自称是殷夫的同学，致函鲁迅，声称要出版《孩儿塔》遗稿，请鲁迅作序。

[2] 徐培根任航空署长期间，曾因航空署被焚而入狱，因此鲁迅有此一说。

那一世界里有许多许多人，白莽也是他们的亡友。单是这一点，我想，就足够保证这本集子的存在了，又何需我的序文之类。

一九三六年三月十一夜，鲁迅记于上海之且介亭。

续　记[1]

　　　　　　　　　　　　　　　　　　　　　　　鲁迅

　　这是三月十日的事。我得到一个不相识者由汉口寄来的信，自说和白莽是同济学校的同学，藏有他的遗稿《孩儿塔》，正在经营出版，但出版家有一个要求：要我做一篇序；至于原稿，因为纸张零碎，不寄来了，不过如果要看的话，却也可以补寄。其实，白莽的《孩儿塔》的稿子，却和几个同时受难者的零星遗稿，都在我这里，里面还有他亲笔的插画，但在他的朋友手里别有初稿，也是可能的；至于出版家要有一篇序，那更是平常事。

　　近两年来，大开了印卖遗著的风气，虽是期刊，也常有死人和活人合作的，但这已不是先前的所谓"骸骨的迷恋"，倒是活人在依靠死人的余光，想用"死诸葛吓走生仲达"。我不大佩服这些活家伙。可是这一回却很受了感动，因为一个人受了难，或者遭了冤，所谓先前的朋友，一声不响的固然有，连赶紧来投几块石子，借此表明自己是属于胜利者一方面的，也并不算怎么希罕；至于抱守遗文，历多年还要给它出版，以尽对于亡友的交谊者，以我之孤陋寡闻，可实在很少知道。大病初愈，才能起坐，夜雨淅沥，怆然有怀，便力疾写了一点短文，到第二天付邮寄去，因为恐怕连累付印者，所以不题他的姓名；过了几天，才又投给《文学丛报》，因为恐怕妨碍发行，所以又隐下了诗的名目。

　　此后不多几天，看见《社会日报》，说是善于翻戏的史济行，现在又化名为齐涵之了。我这才悟到自己竟受了骗，因为汉口的发信者，署名正是齐涵之。他仍在玩着骗取文稿的老套，《孩儿塔》不但不会出版，大约他连初稿也未必有的，不过知道白莽和我相识，以及他的诗集的名目罢了。

　　至于史济行和我的通信，却早得很，还是八九年前，我在编辑《语丝》，创造社和太阳社联合起来向我围剿的时候，他就自称是一个艺术专门学校的

---

　　[1] 鲁迅写完上一篇序言不久，得知来信的人实为骗稿者史济行，于是又作《续记》揭露、斥责。

004

学生，信件在我眼前出现了，投稿是几则当时所谓革命文豪的劣迹，信里还说这类文稿，可以源源的寄来。然而《语丝》里是没有"劣迹栏"的，我也不想和这种"作家"往来，于是当时即加以拒绝。后来他又或者化名"彳亍"，在刊物上捏造我的谣言，或者忽又化为"天行"（《语丝》也有同名的文字，但是别一人）或"史岩"，卑词征求我的文稿，我总给他一个置之不理。这一回，他在汉口，我是听到过的，但不能因为一个史济行在汉口，便将一切汉口的不相识者的信都看作卑劣者的圈套，我虽以多疑为忠厚长者所诟病，但这样多疑的程度是还不到的。不料人还是大意不得，偶不疑虑，偶动友情，到底成为我的弱点了。

今天又看见了所谓"汉出"的《人间世》的第二期，卷末写着"主编史天行"，而下期要目的豫告上，果然有我的《序〈孩儿塔〉》在。但卷端又声明着下期要更名为《西北风》了，那么，我的序文，自然就卷在第一阵"西北风"里。而第二期的第一篇，竟又是我的文章，题目是《日译本〈中国小说史略〉序》。这原是我用日本文所写的，这里却不知道何人所译，仅止一页的短文，竟充满着错误和不通，但前面却附有一行声明道："本篇原来是我为日译本《支那小说史》写的卷头语……"乃是模拟我的语气，冒充我自己翻译的。翻译自己所写的日文，竟会满纸错误，这岂不是天下的大怪事么？

中国原是"把人不当人"的地方，即使无端诬人为投降或转变，国贼或汉奸，社会上也并不以为奇怪。所以史济行的把戏，就更是微乎其微的事情。我所要特地声明的，只在请读了我的序文而希望《孩儿塔》出版的人，可以收回了这希望，因为这是我先受了欺骗，一转而成为我又欺骗了读者的。

最后，我还要添几句由"多疑"而来的结论：即使真有"汉出"《孩儿塔》，这部诗也还是可疑的。我从来不想对于史济行的大事业讲一句话，但这回既经我写过一篇序，且又发表了，所以在现在或到那时，我都有指明真伪的义务和权利。

四月十一日

"孩儿塔"上剥蚀的题记

我的生命，和许多这时代中的智识者一样，是一个矛盾和交战的过程，啼，笑，悲，乐，兴奋，幻灭……一串正负的情感，划成我生命的曲线；这曲线在我诗歌中，显得十分明耀。

这里所收的，都是我阴面的果实。

现在时代需要我更向前，更健全，于是，我想把这些病弱的骸骨送进"孩儿塔"去。因为孩儿塔是我故乡义冢地中专给人抛投死儿的所在。我不想说方向转换，我早知光明的去路了，所以，我的只是埋葬病骨，只有这末，许或会更加勇气。

鼓励我出版的林林，给我煞费心血画插图的白波，我想都并不想赞赏我的诗，只也是可怜我，同时又鼓勇我而已。那样，我正当谢谢他和她。

已经是激荡中的一九三〇了。

---

　　* 本书收录的作品均为殷夫的代表作。其作品在字词使用和语言表达等方面均具有鲜明的时代特色。此次出版，根据作者早期版本进行编校，文字尽量保留原貌，编者基本不做更动。

放脚时代的足印

一

秋月的深夜，
没有虫声搅破寂寞，
便悲哀也难和我亲近。

二

春给我一瓣嫩绿的叶，
我反复地寻求着诗意。

三

听不到是颂春的欢歌，
"不如归，不如归……"
只有杜鹃凄绝的悲啼。

四

希望如一颗细小的星儿，
在灰色的远处闪烁着，
如鬼火般的飘忽又轻浮，
引逗人类走向坟墓。

五

我有一个希望，
戴着诗意的花圈，
美丽又庄朴，
在灵府的首座。

六

星儿在大（天）微语时，
在带香的夏风中，
一条微丝柔柔地荡动了：
谁也不知道它。

七

泥泞的道路上，
困骡一步一步的走去，
它低着它的头。

八

我初见你时，
我战栗着，
我初接你吻时，
我战栗着，
如今我们永别了，
我也战栗着。

一九二四—五的残叶。

人　间

山是故意地雄伟，
水是故意地漪涟，
因为我，
只有，只有，
只有干枯地在人间蹁跹。

景物是讥嘲的含着诌媚，
人们是勉强的堆着笑脸，
因为我，
只是，只是，
只是丑恶地在人间徘徊。

一九二七,九月于象山。

呵，我爱的

呵，我爱的姑娘在那边，
一丛青苍苍的藤儿前面；
草帽下闪烁着青春面颊，
她好似一朵红的，红的玫瑰。

南风欣语，提醒了前夜：
疏淡的新月在青空阑珊，
我们同坐在松底溪滩，
剖心地，我俩密密倾谈。

古刹的钟声，混淡，
她的发香，似幽兰；
我们同数星星，
笑白云儿多疏懒。

看，她有如仙嬛，
胸中埋着我的情爱，
呵，我的爱是一朵玫瑰，
五月的蓓蕾开放于自然的胸怀。

一九二七，于象山。

在一个深秋的下午

那正是青空缀浮鳞云，
碎波在周遭追奔，
镜般的海洋冷照了我的心，
我怎忘了你的红晕，姑娘？

你的短发，散在微语风中，
你的眼珠儿，绒样柔黑，
你抚摸着栏杆凝望，
哟，远处的地线也有我的心。

沙鸥和爱的轻歌淌洋，
初起的金风带来飘渺的梦魂，
投在那颗雪珠似的水沫上吧，
在藻叶荫下建筑我的坟茔。

我幻见一朵五旬的玫瑰开了，
姑娘，你当时若真说："跳！"
带着我爱的辽遥的幽音，
我投到在屈子的怨灵。

一九二八，于象山。

挽　歌

你苍白的脸面，
安睡在黑的殓布之上，
生的梦魅自你重眉溜逃，
只你不再，永不看望！

你口中含着一片黄叶，
这是死的隽句；
窗外是曼曼的暗夜，
罗汉松针滚滴冷雨。

你生前宛妙的歌声，
迷雾般地散逝，
你死后的幽怨凄苦，
草底的蟋蟀悲诉。

一九二八，一月八日晚。

醒

微风的吹嘘之中，
小鸟儿的密语之中，
醒来吧！醒来吧！
梦儿姗姗飞去。

我梦入广漠的沙滩，
黄的沙丘静肃无生，
远地的飓风卷起沙柱，
无边中扬着杀的声音。

我不留恋着梦的幽境，
我不畏惧现实的清冷；
在草底默默地流过，流过，
我宿命的悲哀的溪吟。

生无所欢，
死无所悲，
愿重入黄沙之滩，
飓风吼着威吓音韵。

一九二八，四，二十日。

白 花

曼（漫）步旷野，心空空，
一朵小小的白花！
孤零的缀着粗莽的荆丛，
一朵傲慢的白花！

她的小眼射着冷的光，
"一颗地上的星，"我嚅嗫，
荆棘示威的摇曳，
"我回家去。"我喘息。

尖锐的刺在她周遭，
旷茫的野中多风暴，
她在我视野中消去倩影，
我抚空心向家奔跑。

一九二八，五月五日。

我们初次相见

我们初次相见，
在那个窗的底下，
毿毿的绿柳碎扰金阳，
我们互看着地面羞羞的握手。

我记得，我偷看看你的眼睛，
阴暗的瞳子传着你的精神。
你是一个英勇的灵魂，
奋斗的情绪刻在你的眉心。

我记得，我望望你的面颊，
癯瘦的两颐带着憔悴的苍白，
但你的颧下还染着微红，
你还是，一个年青，奋发。

我记得，我瞧见你的头发，
浓黑的光彩表征了你丰富的情热，
我这般默默地观察，
我自此在心中印下你的人格。

一九二八,五月。

清 晨

清晨洒遍大地。
阳光哟，鲜和的朝阳，
在血液中燃烧着憧憬的火轮，
生命！生命！清晨！
玫瑰般的飞跃，
红玉样的旋进，
行，行，进向羽光之宫，
突进高歌的旋韵。

一九二八,五月。

祝——

这是沙中最先的野花，
孤立摇曳放着清香，
枝旁没有青鲜的荫叶，
也少有异族争妍芳，
唯有她放着清香。

四向尽是干枯的沙砾，
展到无穷的天际，
近处没有一口泉源，
来把她嫩根灌溉，
没有一杆小树伴过长夜。

祝福我们勇敢的小花，
她仍然孤傲地顾盼，
她不寂寞，放着清香，
天生的姿容日日光焕，
岑寂的生存，没有喟叹。

远星的微光死灭，
勇敢的灵魂孤单，
她忍受冷风的吹刮，
坚定的心把重责负担，
问何时死漠重苏甦？

祝福我们沙中最先的野花，
孤立摇曳，放着清香，

枝旁没有鲜青的荫叶，
也少异族来争妍芳，
只她孤单地放着清香。

一九二八，五月八日。

致纺织娘

写给一个姑娘——案上花瓶，插野花一束，及柏叶两支。来了一个独腿的纺织娘，坐十余天不去，有感。

起初在黄花盛放，
缀印你碧绿的新装，
我的心苏甦，
为了你那生的光芒。

心叶焦枯着人世的苦烦，
血流冲破创伤，
我凝望你美丽的双睛，
你抚慰了我的猖狂。

花萎弱地飘堕，
绿叶恼人的变成赭黄，
你哟，可怜的姑娘，
你的存在，和着我的惆怅！

是你心胸的惇善，
不忍撇下我个儿凄凉，
默对残的花儿死的叶，
扰着泪浪，咀嚼旧伤？

是你柔怀之中，
无辜的芽儿生长：
榴花般的你青春年光，

填补我的枯肠？

可怜的爱的天使哟，
纯洁的心肠！
伟大的胸襟，
愿与天永长！

我，呵，孱弱的孤儿，
世界所遗的困狼，
前途是：灾难，死灭，
我不能与人幸福分享。

老衰的痕迹几乎划上，
我失色的污秽高颡，
心脏的壁内，
也已熄灭了我青春的火光。

我是羽翮残敝的小鸟，
在杀身的网中回翔，
红的血肉，白的骨，
已奉献于自由的交响。

灾难，和袭来的凄凉，
硬化我将死的心，
我不能，我的天使，
再煽引青春的水（火）花重进。

去吧，日光在运行，
你的同伴在丰草中织纺，
萤火的舞群，幽虫的乐队，
正等着你——他们的新娘。

别辜弃了你的青春，
丝萝床中正等着你的情郎，
渴着你的热情，
饥着你的火吻印贴唇上。

此处的野花，凋亡，
柏枝消散傲人清香，
享乐已是日昨之去者，
留着无限的孤漠凄凉。

冷僵的心壁鼓不起爱情的节拍，
青春的死灰难再然（燃）跃跃（耀耀）光豪，
我让微风吹白我的长发，
你的温情变为灵芝覆我墓道。

别了吧！你这柔心的姑娘，
我没有血，心，或者希望，
祝你鼓着翅翼，
重飞起把你同伴追上。

沥出你的血液和勇猛，
发扬你高吭的歌唱吧！
把孱瞜着的地球，
用情热的火来震荡吧！

我祝福你的前途，
我不悲哀，也不怨叹，
青春是可宝，可宝的流影，
瀑洪的飞沫倏向四溅……

花　瓶

我有一个花瓶，
我忠实亲信的同伴，
当我踟蹰于孤寂的生之途中，
她作为上帝，与我同在。

她不是连城的奇珍，
不劳济慈的诗灵，
来把她描划，歌咏，
她不闪放过往的风韵。

然而她的正真（直）和傲慢，
正使我心醉；
（那谄媚的笑脸，唉，
真是我灵魂的迫害。）

她矗立在我案上，
和一个哥萨克一般英壮，
用她警告的神情，
显示忠勇的朋友在旁。

她不插芙蓉和玫瑰，
（这些，让他人狂味！）
野花采自田野，
集团中的成员！

她们是被人摧残，

命运的判文上书"迫毁"，
但于今是武士的头盔，
散发着自由的光彩。

一九二八。

宣　词

亲爱的姑娘，真[1]，
你的心，颤震。
死以冷的气息，
吹透你的柔身。

我的罪恶，这是，
我的罪恶常深沉；
这是我最后的宣词，
愿神祇赦免我的灵魂！

我们，一对友人，
相互地依偎于黑暗中心；
一对无告的小山羊，
互以诚挚的情热慰问。
纯洁的爱顾之花，
舒展于我俩心的底层。
（哟，底层底坎坷，
创伤和血腥！）
那是同情圣光的颤流，
这是博爱洪涛中一颗微沫阴影。

天还没给我们春的晴明，
满山的杜鹃笑送光影，

---

[1]"真"是殷夫二姐徐素云的同学，与殷夫有信件往来，殷夫有多首诗提到她，《致F》等诗中的"F"也是她。

我们的灵魂不曾投倒，

在流泪的茉莉蕊下，

含羞的蔷薇丛荫……

远野的鹧鸪鸣叫，

不叫我俩梦入星径：

肩并肩，吻连吻。

只好似两粒小星，

流浪空中熬够清冷，

魅的影浮舞，

叹息，哭泣，难慰心情。

孤单的时辰，

用微眴相视，

我说我的，你，你的心！

怜悯的柔丝连击（系）我们。

每晚，天高风轻，

或是坠累又阴森，

我们问安我们的友人，

（好象一个虔诚的信女，

祈祷于每个黄昏。）

我的姑娘哟，

你是孤独生途中的亲人，

一朵在两（雨）中带泪的梨花，

你可裁判我的灵魂。

但我们，一对友人，

从最初直至无尽。

你不看，曼曼的长夜将终了，

朝阳的旭辉在东方燃烧，

我的微光若不合着辉照，
明晨是我丧钟狂鸣，青春散殒，
潦倒的半生殁入永终逍遥。
我不能爱你，我的姑娘！

　　　　　　　　　一九二八，八月十七日。

孤　独

这是一颗不知名的星儿，
孤清地注射她的辉光。
伴着我在绿影底下，
徘徊着寂寞的倘伴。

蓝的眼眶海洋般的深邃，
透明的泪光水晶样的清莹，
涓涓地搝（摺）叠的愁情千丈，
萦回了高洁的心魂。

看看眼底的云雾追奔，
看看空中的风暴奔腾，
悲愤的血涛震荡了古老的
心壁上永不泯消的创痕。

环着是群浊的转运，
没有理想，没有生命，
同情和爱慰的微光燃尽，
让那高傲的心儿孤零。

只是无边袭人的寒凛，
阳春的温嘘吹不进心庭，
软性的恐怖和死的寂寞，
向谁堪判吐衷悄？

月依妆台时，

群星争妍，
眩曜的五采，
迷跃（耀）苍青。

没谁转瞬：
我们被摈弃的小星，
她只伴我，
徘徊于冷漠的绿荫。

一九二八，八月十日。

独立窗头

我独立窗头蒙眬，
听着那悠然的笛音散入青空，
新月徘徊于丝云之间，
远地的工场机声隆隆。

我眩然地沉入伤感，
懒把飘零的黑丝掠上；
悲怆的秋虫鸣歌，
岂是为我诉说苦想？

说我热血已停止奔荡，
我魂儿殷然深创，
往日如许豪烈的情热，
都变成林中的孤摇残光？

不！我的英勇终要回归，
热意不能离我喉腔，
暂依夜深人静，寂寞的窗头，
热望未来的东方朝阳！

一九二八，于吴淞海滨。

孤　泪

你呀，你可怜微弱的一珠洁光，
照彻吧，照彻我的胸膛。
任暴风在四围怒吼，
任乌云累然地叠上。

不是苦难能作践我的灵魂，
也不是黑暴能冰冻我的沸心，
只有你日日含泪望我，
我要，冒雨冲风般继着生命。

忍耐吧，可怜的人，
忍耐过这曼长的夜，
冷厉的暴风加紧，
秋虫的哀鸣更形残衰。

鲜红的早晨朝曦，
也是叫他们带来消信，
黑暗和风暴终要过去，
你呀，洁圣的光芒，永存！

一九二八，于海滨。

给某君

呵，冷风吹着你散乱的长发，
我瞧见你弱小的心儿在颤抖，
漫着暮气凝烟的黄昏中，
我们同踽踽于崎岖的街头。

挺起你坚硬的胸壁，
担承晚风悲调的袭击，
我们只应在今夜握手，
今晚我心跳得更促急。

在黑暗中动着是不可测的威吓，
后面追踪着时代的压迫，
你轻蔑的机警的眼中瞳人，
闪映了天际高炬的光影。

细胞撞挤在你脸上，
微风故意絮语；
我们笑那倾天黑云，
预期着狂风和暴雨。

一九二八，于海滨。

东方的玛利亚——献母亲

你是东方的圣玛利亚，
我见钉在三重十字架之上，
你散披着你苦血的黄发，
在侮辱的血泊默祷上苍。

你迸流你酸苦泪水，
凝视着苍天浮云，
衣白披星的天使，
在云端现隐。

你生于几千年来高楼的地窖，
你长得如永不见日的苍悴地草，
默静的光阴逝去，
你合三重十字架同倒。

一九二八，于西寺。

感　怀

孤单的精灵呵，
你别在无限静谧的海心，
用你破残的比牙琴，
弹引你悲冷的微笑。

潜伏的感伤，
终突破理智的封禁：
一个脸影，枯瘦又慈祥，
以酸泪点缀我的飘零。

我抚扪我过往的荒径，
蜿蜒从那雄伟珠山的邻村，
唉，修道士的山岩，
终古不破的沉静。

我不禁回忆故家的园庭，
反响着黄雀歌儿声，
绿的草丛上飞金的苍蝇，
衰色的夕阳下逃跑了我的青春。

一九二八，于西寺。

地　心

我微觉地心在颤战，
于慈大容厚的母亲身中，
我枕着将爆的火山，
火山的口将喷射鲜火深红。

冷风嘘啸于高山危巅，
暮色狰狞地四方迫拢，
秋虫朗吟颓伤歌调，
新月冷笑着高傲长松。

青碧的夜色，秋的画图，
吞噬了光明的宇穹，
我耳边震鸣着未来预言，
一种，呵，音乐和歌咏。

我枕着将爆的火山，
火山要喷射鲜火深红，
把我的血流成小溪，骨成灰，
我祈祷着一个死的从容。

一九二八，于西寺。

虫 声

你受难遭劫的星星，
压碎了吧，你期望的深心，
此后，你只有黑暗的无穷。
是昨夜秋风搅着落花，
黑夜轻曳薄纱衣裙，
一个失群的雁儿散布怆韵；
那时，我埋葬了我的青春。

虫声哟！那异国的音调，
秋的灵魂和谐的奏鸣，
闭上你的小眼，睫毛堆上黑影，
听这交响带来多少象征？

孤月冷光不能冰冻热情，
理性的禁符不能镇压真性。
我在竹涛的微怨声下，
已诀别了往年的心灵和生的憧憬。

一九二八，于西寺。

青春的花影

是谁送来我象征的消信？
我哟，灵魂早不徘徊于蔷薇花影，
那是最后的玫瑰，
尖锐的刺陷破我朦胧梦境。

喘息地凝望连续汹涌的波涛，
黑色的坚塔在后深闭铁门，
我送行我最后的憧憬，
不复有明日或然的来临。

一九二八，于西寺。

失了影子的人

阳光，在草坪上舞踊，
她纤洁的小小双脚，
吻着软嫩的草尖；
风波中浮举她的金发。

露珠，闪光在草之叶上，
溪水，低泣在修松林下，
我失了影的人，幽魂般，
悲郁地曳步归回故家。

他的皮孔放着异乡的气息，
眼眶下堆绞满泪的纹痕；
逝兮，是欢乐；
死兮，是童心；
无尽，无尽的奔波，
山之巅，水之阴，
探透幽莼莼的生之丛林；
征衣创处吹嘘着泥土呼吸，
他才归自青春的出殡。

松鸣淡惨惨，
溪咽流着它宿命途程，
静夜的月凉如水，
秘密心病。
他曾追逐磷光，
磷光消，借去了他的影。

飞扬着叹息的微丝——
归去，带着死的尖刺！

没有一个鸟儿会歌唱，
没有一颗星儿会闪光；
阳光在草坪上舞踊，
失了影的人在溪畔徜徉；
但一会儿也，一切和——
也一齐要散佚消亡。

一九二八，在西寺。

我还在异乡

孤荒！
我身还在异乡，
海崖下反复空虚的悲响；
拥挤着生淡容貌，
秋虫传报凄凉。

珠山的顶戴，
云的冠冕，汽的帐，
这千古沉默的 Sphinx[1]，
构想，构想，
人间荒凉，
谜样。

久忘的故家，
残白，破户，和月季花；
薄云，帆般的飞，快。
古红的床儿，
睡过哥姊，母亲，爸爸。
顶上的花饰已，已歪，
谁家，呀？

檐下：我记得，
读倦了唐诗，
抱膝闲暇，

---

[1] Sphinx：斯芬克斯，古埃及神话里的形象，狮身人面，长有翅膀。也见于西亚神话和希腊神话。

浮想着天涯，海洋，

飞越而去，幻想，

涣散了现实的尘网。

绿色泛滥的后园，

春泥气氛，

草丛上露珠闪金，

旋舞着金的，绿的，红的苍蝇。

干草堆儿，

母鸡样，

慈和地拥我晡（哺）过冬阳。

如今，异样，

我只感孤凉。

依旧，是天上的帆像，

却衰老了罗盖般的孤桑。

同样，

分飞，漂泊，死亡；

我也把我过去送葬，

不忍辨，

这已不是我的家乡。

唔，那云海中央，

淡轻的汽幛，幽香；

云母似的月儿；

深碧的天衣笼我身上；

海底的女妖交唱；

夜莺的清愁悲腔；

——我心的比牙琴的奏鸣哟！

我是在异乡，孤荒！

一九二八，在西寺。

给——

冷风刮过你的面颊，
我只低头凝思；
你咽呜着向我诉说，
但天哟，这是最后一次。

死的心弦不能作青春的奏鸣，
凝定的血液难叫它热烈的沸腾，
我今天，好友，告别你，
秋日的寒风要吹灭了深空孤星。

我没有眼泪来倍加你的伤心，
我没有热情来慰问你的孤零，
没有握手和接吻，
我不敢，不忍亦不能。

请别为我啜泣，
我委之于深壑无惜，
把你眼光注视光明前途，
勇敢！不用叹息！

一九二八，十月三十一日。

心

我的心是死了，不复动弹，
过往的青春美梦今后难再，
我的心停滞，不再驰奔，
红的枫叶报道秋光老衰。

我用我死灰般的诗句送葬尸骸，
我的心口已奔涌不出光彩灿烂。
猫头鹰，听，在深夜孤泣，
我最后的泪珠雨样飞散……

　　　　　　　　　　一九二八，十一月于西寺。

归 来

归来哟！我的热情，
在我胸中燃焚，
青春的狂悖吧！
革命的赤忱吧！
我，我都无限饥馑！

归来哟！我的热情，
回复我已过的生命：——
尽日是工作与兴奋，
每夜是红花的梦影！
回归哟！来占我空心！

一九二八,十一月于西寺。

星 儿

我们，手携手，肩并肩，
踏着云桥向前；
星儿在右边，
星儿在左边。

霞彩向我们眨眼，
我在你瞳人中看见，
——我要吻你玫瑰色的眼圈，
这次你再不要躲闪。

云雀的歌儿声清甜，
象飞散虹线，
撩动着，
把我心门摇开。

心门里高坐奇美，
颈儿旁围披了蔷薇花圈——
青春底传奇的献礼
还留在她的腮边。

心门不再流出火烟，
火烟已变成光华荣艳，
灵府如一座宝牙宫殿，
你，你倚立阶前。

太空多明星，

太空多生命，

我们手携手，肩并肩，

向前，向前，不停。

一九二八，于西寺。

给母亲

我不怪你对我一段厚爱，
你的慈恺，无涯，
但我求的是青春的生活，
因为韶光一去不再来。

那灼人的玫瑰花儿影，
燃心的美甜梦景，
要会一旦袭入你古老脑幕，
我不须在深夜呻吟。

但现在，我也有新的生命，
不怕浪漫的痴情再缠萦心庭，
在深夜山风呼啸掠过，
我聆听到时代悲哀的哭声。

此后，我得再造我的前程，
收回转我过往的热情，
热情固灼燃起青春旧灰，
但也叫着我去获得新生。

一九二八，于西寺。

夜　起

苍凉的孤月悬在中天，
她的哭泣已有千年，
千年的韶光衰残，
她总孤独地在碧空蹁跹。

夜风在林间呼嘘，
淡影横过菜畦；
谁把幽伤的琴声，
奏弄于高石桥下？

夜，殓衣般裹着吧！
墓山中也飞不起半影青磷，
无热的火光也难在冷夜，
燃起他们已死的青春。

谁知道我枯心却在焦渴，
谁知道我把泪珠偷滴？
我心将爆裂，心将毁灭，
心中的幻象永难扑熄？

正当这个时分，
也无人把残夜报道三更；
幽怨的女神将对林低回，
这，即是我枯寂的心影。

我的心有蔷薇刺儿痕，

鲜血珠泉汨流难停，
我生命即使早日夭亡，
伤痕中也留下她的面影。

复活的情火把我硬骨灰化，
冷夜寒风中也幻见明春，
玫瑰花的容光，
照临吧，我的孤身！

寒凛的残夜，
苍月，凄风，远处虫鸣；
我默祷几时再对山窗，
得着或失去我的生命！

一九二八，于西寺。

你已然胜利了

你永远的丑小鸭哟，
你该在今宵告别你的痴情，
当你静听着丧钟鸣奏，
你该说："我最后获胜。"

死的胜利，永久的胜利！
人生最后的慰抱是灰黑死衣；
今日还是你秉有憎恶和爱情，
明晨，你得吹熄你鼻尖冷气。

光荣的野心燃不起死的枯灰，
青春的绿光难照活黄昏的颓蓓，
沙哑的诗喉对猫头鹰歌唱，
死骑的槁踵在你坟上踏遍。

这时，别去你热情和高傲，
断割了恋念和情思，
埋葬了你忧烦，惊慌和苦恼，
丧钟即是你胜利的颂诗。

一九二八，于西寺。

我爱了……

我爱了俗人之爱，
我的心，好难受，
五旬的蔷薇开上她的面颊
两颗星眼吸我不能回头。

我爱了俗人之爱，
几个深夜不会成眠，
梦中她象颗常绿小草，
长于桃红色的仙殿。

我爱了俗人之爱，
使我尽天忧闷流泪，
因为我已知道，
她的心不复是未放蓓蕾。

我爱了俗人之爱，
累我无日不悲叹，
担尽了惊悸，忧虑和烦恼，
爱情的苦毒在我肩上磨难。

一九二八，于西寺。

自 恶

把你自己毁坏了吧，恶人，
这是你唯一的报复；
因为你的是一个高洁的灵魂，
不如世人的污浊。

你是至美，至尊的，恶人，
可以把世界鄙薄。
你不须求人谅解你的精神，
你的是该在世上永久孤独。

世界只无价的才是宝星，
闪光的珠玉也尽是污浊，
肉耳总难鉴赏你的清音，
世人爱的是蠢豕愚鹿！

你胸中蕴藏了希有的光和美，
日复一日幽幽泣哭，
你温热的泪水清澄，
每个晨把它们洗浴。

你是自然的独生精灵，
人们总难把你抚摸，
他们难见顶上晶莹的明星，
只是把龌龊的衣带扪触。

你在世上只有毁坏，

这是你唯一的报复，
世人尽蠢逐污浪，
你也尽可把人血饮沐。

一九二八，于西寺。

生命，尖刺刺

生命，我今晨才把你认清：
在草丛中摇曳天风，
轻轻的散雾在四面浮动，
我立于高山之巅，
面对大自然的虚空。
哟！无限的感伤，
硬性的泪水掩住瞳孔。
生命，我认清了你
你荆棘样的，
尖刺刺入人心。

生命，你生来就面目狰狞，
你是贪婪又凶狠，
你给我的赐赠——
一把火样的热情，
却孪带了一把剪刀般的薄命！
你把我在黑暗森林中引进，
我从你处接受了可咀咒的青春。
但你又磨难着我，
看我在深谷中呻吟。
生命哟，我知道你的本性，
你渴饮的是人类灵魂。

我呀，秉有这脆弱的虚心，
怎禁她那含情的转盼一瞬，
那知道这就是尖的刺儿，

刺进在我心的深境。

我曾几夜遗失了睡眠，
我曾决几斗酸泪暗流不停，
焦渴的幻想扼住我的呼吸，
幸福的沉梦驱散我悲愁光阴。

呵！那朵白玫瑰的蓓蕾，
我宁可早日咀咒她憔悴，
她的美好践碎我的心，
她的冷酷赛如冰的块。

我是想毁弃生命，
生命，枯莽和死藤！
我深悔在高傲的山崖上面，
不把畸零的影儿飞堕。

呵！生命尖刺刺，
刺入我心流血丝，
只有死，伟大的死，
拔去刺，和着生命。

一九二八，于西寺。

Epilogue[1]

　　一九二七夏，我曾写了一篇长诗《萍》，只成了一部分，约五六百行。因生活不安定，原稿失去不能追寻。一九二八本有重写计划，但情绪已去，只余下短短的一些，这便成这一篇。

我的朋友，真，
这就是我的残稿一份，
这印着的是我过去，
过去的情热，
和我幼小纯洁的真心。

但这是过去了，朋友，
我已杀死我以往生命；
我不是说明晨，
明晨我就要离去，
离去故乡，和你的深情？

我觉得，我的青春，
已把热焰燃尽，
我以后的途道，
枯干又艰困，
我不能不负上重任。

离去我的故乡旧村，
我要把我的新生追寻，

---

[1] Epilogue：跋。

把以前的一切殡葬了，
把恩惠仇爱都结束了，
此后我开始在世上驰骋。

我恳求你忘去我，真，
我的影子不值久居你的心中，
今晚我跪着为你祈祝，
明晨也不能给你握手告行，
我要起程我孤苦的奔行。

一九二八，于西寺。

给——

And though our dream at last is ended，My bosom still esteems you dearly.

——Byron[1]

我今天，在这清冷的下午，
我见了你的侧影，
罪恶的差过山样高耸，
我的心从胸中爆迸。

那里是我思想的清高？
那里有我真热的感情？
一切是巧调，
一切是空论，
我是一枚酷毒的尖刺，
孤零地在荆棘中生存。

你为我受尽苦辱，
你也是父爱母慈的中心，
我蹂躏你，
我侮辱你，
我用了死的尖刺，
透穿了你的方寸。

你伟大的心，

---

[1] 此句出自英国诗人拜伦的《懒散的时刻》，大意：虽然我们的梦已经终结，我心中依旧对你深怀敬意。

和解放的灵魂，

只换得讥嘲，

只换得伪笑，

掩埋了青春，

殡葬情热的梦影。

姑娘哟，我们的梦已终了，

我心中仍把你摹（膜）拜尊敬，

是我罪恶，

是我残酷，

我见的侧影，

我说"救慰你非我可能"……

一九二八，于西寺。

残　歌

姑娘哟，你的乌云，
我引用这破旧的名，
形容你秀散的头发，
你的发儿煽痛我的心！
我要，吞吃你那对兔儿眼睛，
你好似一枝白色的郁金香，
孤傲傲地摇立在沙漠中心，
你的叶脉中混流着银河的甘露，
当朝阳新妆，哟，
你闪发你希有的静美，
呵，呵，你的美扼痛人的心。
姑娘哟，你那末美好，
你和稚鹿一样的活泼年青，
可是你丰满的胸脯底下，
伏的却是一颗冷硬的心？

焦思使我发狂，
我幻觉夺去了我的睡眠，
我的精神环飞穹宇，
到处，到处都有你的幻影！
伟大的姑娘，你这样支配着我，
这样支配着我，
你的美好已吃食了我的灵魂！
天，谁能责我这单面狂热，
你的容颜不能战胜。

我的灵魂象根芦草，

你却是狂飙一阵，

把我整个地，整个地，

带入你的怀抱去吧，

我愿上山巅，

我愿卷入海洋底深深，

只要你，你美丽的力士，

你抱着我轻渺的孤身。

我只要见你，

见你这对兔儿眼睛，

你的红润樱吻，

我便是驾临世界的幸运，

我是名盖历史的凯撒 [1]，

我是威震全球的拿坡仑 [2]。

可怜哟，我的幻影，

我若是还有青春，

我也该使它流亡如一热吻？

硬心的姑娘哟，

你怎不能察我深心？

你昨天，唉，颊上飞浮桃雾，

我要是是你心中的……

不敢向你说出的深誓，

"为我，拿去我的心！"

只逗留在我的焦唇，

一天一天地在等，等，等……

---

[1] 恺撒，罗马共和国统治者。

[2] 拿破仑，法兰西第一帝国皇帝。

你用你白晰的手儿，
承受这片白纸吧！
我要你，要你，要你
明白在字影底下，
怎样狂跳我的心，
怎样乱印热泪与吻痕……

这不是墨的痕迹，
黑的字儿也用我的心血，
难道要待青春枯萎，
难道要待秋雁南回，
短音阶的哀乐中呻唱：
"残碎的心儿来墓门快归？"

一九二八，于西寺。

飘遥的东风

我幻见你是在浩茫的江中，
江上吹啸着飘遥的东风，
东风来自太平洋心窝，
深掩着古旧的伤剁，
东风把你向暗沉沉的故乡吹送。

无力的船只戏着涟漪水波，
淡黄的月晖微和衰残的渔歌。
你有心底受惊的懔忡，
你有灵府中难洗的创痛，
你的梦幻是碎破，碎破！

水，银灰色的波纹，
涌起的浪沫一层层，
机械在重压之下微喟，
笛音在远山之巅缭绕，
去兮，去兮，我的友人！

一九二八，于西寺。

干涸的河床

在人迹罕到的南山岙边，
迤逦着一条干涸的河床，
乌黑的云雾堆满了长天，
往昔的青春于今已往。

忆那时，两旁拱护芳馥青藤，
镜波微涟扰不破茸茸的绿影，
玉般的白色睡莲伫立，
瞌倦地等候着水底的精灵。

阳光天真地游跃，
林泽的 Nymph[1] 常来入浴，
她们润黑的长发，
漂浮在波纹上奔逐。

但——这是一条干涸的河床，
没有青翠翠的屏障，
没有漪涟，
Nymph 也都遁迹，
睡莲萎灭，
阳光——也不再停息，
只有乌云密密密……

一九二八，于西寺。

---

[1] Nymph：宁芙，希腊、罗马神话中的仙女，出没于山林、水滨。

致 F

我总想把你的现状记算，
你现在已离我千里，
凭我还有几多欢乐，
总也难压下我心的悲凄。

昨夜，一样的深夜冷气，
窗外也一般地阵阵细雨，
你悲悒地道着伤感，
热泪也流得尽情如意。

今宵何处再反响熟耳的音韵？
檐溜沉重的滴上心头，
听着寒缩的郊外孤吠，
我心上无端地掩上烦忧。

你是别我而去了，我相信，
你必得重归你的家庭，和——爱人，
祝你平安哟，我的姑娘，
请忘了我，这个潦倒的浪人。

一九二八。

别的晚上

天空在流着别意的泪水，
我呵，胸中绞缠怨怼；
但是也罢，
且托着幻想数计我们未来再会。

我生命之筏在时光波上溜过，
没有谁向给我片刻的留恋，
萍水一般的，
你的别离却赐赠了心的缠绵。

不用说此后难再同登珠山，
我的眼帘也不能燃灼你天真顾盼，
但我有一句话留你
"你第一个勾引起我纯洁爱念。"

姑娘你别徒流悲哀泪水，
眼泪只会增添你胸中的傀儡（块垒），
向前去呵，
创造去，你幸福的将来。

一九二八，于象山。

天下着牛毛细雨，淅沥不停。F姑娘将于次日返杭，晚，于惨切的灯光之下，伏枕大哭，我亦悲不能胜，作诗示之。

想

当夜风奏鸣，
竹涛箫箫（萧萧）时，
我想起你，我亲爱的姑娘，
呵，夜的帷幕下降，
宇宙罩笼着愁惨微光。
我设想我俩缓步，
在旷茫的平野中央。

当朝阳放光，
彩霞与兴鸟齐飞，
赞声四扬时，
我想起你，我亲爱的姑娘，
我如梦般地想见，
你和我同在翱翔，
翱翔于万层的云锦之上，
哟！四望茫茫，
你轻渺的衣纱，
在风涟中奔荡，
我们——呵，如狂。

当星星闪眼，
银河暗移，
夜莺在南欧林中歌唱，
梵尼斯[1]的海波静谧时，

---

[1] 威尼斯。

我想起你，我无价的姑娘，

我头披白色的纯纱，

泪光在玉色茉莉叶上闪耀；

你轻提着你姗步，

走上一座云桥，

你高洁的脸，圣光，

你无言，又无微笑，

独步上云桥。

天使的幽乐洋溢，

流星的光沫四溅，

你离地去了，去飘渺，

飘渺的天宫，寂寥（寥），

姑娘哟，我见你，

佩着白花离我去——了！

一九二八，于象山。

给——

F哟，我何时得再见你呢？
我纯洁的初恋哟，
你是东方的 Beatrice[1]
我何时得见你于梦的天堂？

在珠山的绿荫下，
依旧醴泉溜过白石，
只是你的小脸，
何时再与我同映一次？

西寺的高桥边，
长松依然晖映着夕阳，
只是我得何时，
再在此醉你幽香？

爵溪的黄沙十里，
依然是平坦无际，
只我得何时，
和你共作球戏？

哟，姑娘哟，往事重提，
愈想愈有深意，
旧创再理，

---

[1] Beatrice：贝亚特里切，意大利诗人但丁爱慕的女孩，在诗作《神曲》中作为引路人
出现。

刺心的苦痛怎禁得起？

你是离我去了，
我每空向浮云道你安宁，
若我今日即撒手长逝，
我最宝贵着你的小影。

一九二八，于象山。

旧 忆

你有如茅蓬中的幽兰，
纯白的肌肤
如天使的花环。
你的幽香，
颤栗于我灵魂的深关……
天！
逝光难再！
桦林下同坐闲谈，
冷风中默向红炭，
模糊，朦胧，
和梦一般。

姑娘，纯情不能死亡，
赤忱不易消散，
你今在天涯，
还在地角，还……？
且由我祝祷，
愿我俩同梦珠山。

一九二八年，于象山。

死去的情绪

F 哟，我初次握你手时，
你的手冷润如玉，
忽而感伤袭击我的胸怀，
我想伏在你胸前痛哭！

你是一颗苦伶的小花，
命运示你以凶残齿牙，
我对你有无限惶愧，
我是个惰怠的懒汉。

如今，你创造，
我也征战了，
我遥寄无限的同情，
我爱幻见你那种热情的微笑……

一九二八，于象山。

我醒时……

我醒时，天光微笑，
林中有小鸟传报，
你那可爱的小名，
战栗的喜悦袭击着我，
我不禁我诗灵鼓翼奔腾。
我的诗和虹彩一样，
从海起入天中，
直贯着渺漠的宇宙，
吹嘘着地球的长孔。
只有你的存在，
我的生命才放光芒，
我的笔可腾游宇寰，
每个歌鸟都要吟唱。
白色的玫瑰花，
你要迎光开苞，
太平洋为着你平静，
昆仑山为着你不倒……
我从你的梦中醒时，
林中的鸟儿把你小名传报……

一九二八，于象山。

072

现　在

呵，牧歌的已往逝矣，
我不得不面对丑恶的现在，
我的诗魂已随她去矣，
现在的我是罪恶凶残。

不再，是过去纯洁的恋幻，
死亡，是以前美妙的诗景，
今日只是一个黑色的现在，
明日也只是一抔荒凉孤坟。

一九二八，于象山。

无题的

一

沉醉
天！
无从排遣！
湖面，银灰色的水，
青天，铅片，
小桨散线，
远鸟清脆。

煤烟
蔽目的灰
纷飞！
摩托车在路上驰追，
暗角有女人叫"来……"
电车暴嗔！
来个洋人，撞了满面……

二

是夜间时辰，
火车频频的尖着声音，
楼上有人拉着胡琴，
"馄饨……点心……"
有牌儿声音，
乞儿呻吟，
——

都市的散文！

三

篱笆旁边，
臭味冲天，
上面写着大字威严，
"此处不准小便"
流着黄，绿，白的曲线，
滚着肥肥的白蛆累累。

呵，此地在溃烂，
名字叫做"上海"！

四

写着字，
光线渐死，
注意！
油已经到底！
都市有电灯，
不装给穷人。

一九二九春，流浪中。

春

春，带着你油绿的舞衣，
来吧，来弹动我的心弦！
我的心已倦疲，
我的创伤十分深陷，
我久寂的心弦望你挥弹。

鸟，带来你宛啭的歌簧，
来给我一个激励的歌唱！
我的泪泉已然枯干，
我的感觉十分麻顽，
我盼你的歌声复活我情感！

水，带来你青苔下的水仙，
来给我一个沉醉的良夜吧！
我的手，疯瘫，
我的血，迟缓，
我求你给我一个生的灵感。

春，带了舞衣，水和鸟，
姗姗地踏遍了人间。
没把我心弦挥弹，
没把我泪泉复还，
也没给我一个生的灵感。

死，那末你带尖刺来，
来给我最后的引渡吧！

我的心，疲怠，

我的生，十分枯干，

求你来，来给我慰安！

一九二九春，流浪中。

写给一个姑娘

姑娘，叫我怎样回信？
我为何不交你以我的心？
但是哟，看过去在它刻上伤痕，
伤痕中还开着血花盈盈。

死去是我寂寞的青春，
青春不曾留我一丝云影，
不曾有过握手，谈心，
也没有过吻染脂粉。

我现下是孤凄地流泪，
无限的前面是不测的黑暗，
过去的生命剪去了十九年，
人生的秘密不曾探得一线！

这却是上帝的公平，
也是造物的普慈婆心，
因为我，我是那末畸零，
火祥的情热只能自焚。

我知足地，不生妄求，
虚伪的矜持代替着抖擞，
人的性是不死的魔头，
在清夜不禁叹声偷漏。

我何曾不希求玫瑰花房甜的酒，

我看见花影也会发抖，
只全能者未给我圣手，
我只有，只有，只有孤守。

姑娘，原谅我这罪人，
我不配接受你的深情，
我祝福着你的灵魂，
并愿你幸福早享趁着青春。

我不是清高的诗人，
我在荆棘上消磨我的生命，
把血流入黄浦江心，
或把颈皮送向自握的刀吻。

一九二九年春，流浪中。

赠朝鲜女郎

朝鲜的少女，东方的劫花，
你就活泼地在浮木上飞跑。
我看见你小腿迅捷的跳动，
你是在欢迎着浪花节奏的咆哮。

浮木是你运命的象征，
远离故乡，随水漂泊，
谁掬向你一杯同情？
你真该合这浪花同声一哭。

你，少女，是那样美好，
你仿佛是春日的朝阳，
你小小的胸口有着复仇的火焰，
你黑色的眼底闪耀着新生燎光。

请立在这混浊的黄浦江头，
倾听着怒愤的潮声歌着悲调，
你的故乡是在冰雪垓心，
痛苦的同胞在辗转呼号。

要问这天空几时才露笑容，
问这罪恶何日得告终结？
何日你方可回归故里，
在祖父的坟头上剖心啜泣？

浮萍般的无定浪迹，

时日残蚀了生命花叶，
偷生在深的，深的暗夜，
何时得目睹光荣的日出？

你请放高歌吧，
你胸中不是有千缕怨丝，
你的心不是在酸楚地跳抖，
对着黄浦你该发泄你的悲嘶！

你不停地向前跳去，
你是欢迎着咆哮的旋律；
我知道越过一片汪洋波涛，
那边有着你的仇敌。

女郎，愤怒地跳舞吧，
波浪替你拍着音节，
把你新生的火把燃起吧！
被压迫者永难休息！

一九二九年春，流浪中。

梦中的龙华

哥哥哟，上海在背后去了，
骄傲地，扬长地，
我向人生的刺路踏前进了，
渺茫地，空虚地。

呵，吃人的上海市，
铁的骨胳，白的齿，
马路上扬着死尸的泥尘，
每颗尘屑都曾把人血吸饮。

冷风又带着可怕的血腥，
夜的和音中又夹了多少凄吟，
我曾，哥哥，踯躅于黄浦江头，
浦江之上浮沉着千万骷髅。

只有庄严伟丽的龙华塔 [1]，
日夜缠绕着我的灵魂，
我如今已远离上海，
龙华塔只能筑入我的梦境。

呵，龙华塔，龙华塔，
想你的红砖映着天白，
娆娇的桃枝衬你孤拔，

---

[1] 龙华塔位于上海西南，当时国民党淞沪警备司令部就建在附近，1931 年，包括殷夫在内的二十多位中国共产党党员在此被害。

多少的卑怯者由你顶上自杀。

白云看着你返顾颤惊，
雷神们迅速地鼓着狂声，
电的闪刃围绕你的粗颈，
雨般的血要把你淋，淋……

可是你却健坚的发着光芒，
仇敌的肌血只培你荣壮，
你的傲影在朝阳中自赏，
清晨的百灵在你顶上合唱。

你高慢地看着上海的烟雾，
心的搏动也会合上时代脚步，
我见你渐渐把淡烟倾吐，
你变成一个烟突，
通着创造的汽锅。

一九二九春，流浪中。

春天的祷词

春风哟，带我个温柔的梦儿吧！
环绕我的只有贬（砭）骨的寒冷，
只有刺心的讽刺，
只有凶恶的贪困，
我只祈求着微温，
即使微温也足使我心灵苏醒！

我的心不是没灼热的希望过，
我的心不是没横溢的情火过，
只是哟，冰般的泪水曾泛遍心田，
剩下的只是现今的一片无垠焦枯。

春风哟，偕着你的春阳来吧！
让我周遭飞跃些活泼玲珑的小鸟，
竞放些馥郁的万紫花儿吧！
即使这只装饰了我心的墓道，
我死的灵魂也给与个陶醉吧！

一九二九，二，二十七。

月夜闻鸡声

哟，友人，静寞的月夜不给你桃色的梦，
摇荡着的灵魂漂上了水晶仙宫，
但，这儿，听，有着激励的鸡鸣，
是这时候你便该清醒。

若是朝阳已爬上你的窗棂，
还需要你把赞歌狂吟！
荣冠高踏（蹈）的时代先知，
在月夜就唱就了明晨新诗。

友人，起来，这正是时候，
月光的清辉正洗照了楼头，
束着你闪光的刚亮的宝剑，
趁着半夜正可踏上银河白练。

踏着虹的桥，星河的大道，
星儿向着你的来向奔跑，
你向前走去欢迎明晨，
你因为必要做着第一个百灵！

一九二九，三，二十三。

寂寞的人

公园的夜凉如水，
静寞的桦林也停止嚅嗫，
微风哟，把薄云儿推，
流星在银河旁殒灭……

寂寞的人缓步着长夜，
他的影儿有如浓雾，
风吹拂他无力身上的衣衫，
细软的发儿向四方轻舞。

灯下他也不低徊，
树荫他也不留恋，
他不停着听水涟的睡歌，
他也不细聆莲花的吟哦。

他只是走着，走着路，
如醉着，如睡着，如病着。
他是一个寂寞的孤儿，
他是一个秋夕的雕残花托。

沉重的步伐踏着软的草，
细弱的呼吸嘘着轻轻叹息，
心的花残，血干，叶儿槁，
骸骨的飘游还不舍个寻觅。

"我不愿再问你无信的白云，

你只带了我虚渺的音耗，

说在那高山巅上有青春，

我却徒然跋涉，徒然潦倒……

"我再不愿问你轻薄的波涛，

你只欺骗去了我血花样的年青光阴。

在那河的湾上，塔尖儿高，

教堂只是传扬别人的婚礼钟声……

"我要徒步的向前，向前，

手捧着心儿，心满着爱情，

我要寂寞地走向冷静墓前，

玲珑的芝草轻摇着坚柏的荫。

"你莫问我泪光的尖锐，

希望的灯光即是葬礼的准备，

但我爆裂之心的血花血蓓蕾，

也要在永久的幻影之下耀着光辉。"

一九二九，八月五日。

晚与征夫同步公园，颓丧得非凡，自觉这冷寂的过去，好象一条横旋翠微的山道，在暮霭中隐现，真有一种无可奈何的感慨。会征夫又谈起了故友新交等纠葛，都不禁感伤地沉默了下来。象一对醉了的浪人似的，在一对对的金钮丝衣的爱人群中，踉跄而归。

给林林

我方从黑暗的笼中出来，
就闻得你重来海上的音耗，
我把（巴）不得立刻就飞向南陲，
来和你握手接吻拥抱！
但是，人事的不测的波浪，
终击打着我们软弱的羽翼，
我只有空望飞云箭归虚寂之乡，
失望的心儿在幽暗的夜中吞泣。
你只漂浪人间的孤儿哟，
今日你，你独访西子，
石头城下白露（鹭）洲的泪影，
洗浊（濯）多少不断的烦恼春丝？
我祝福你，自由的穷人，
湖山的媚光总诱启你的天才，
我虽没握手倾听火车郎（朗）鸣，
无依的灵曲中也插歌着慰安。

一九二九,八,五，深夜

给 茂

这是我青春最初的蓓蕾，
是我平凡的一生的序曲，
我梦中吻吮这过往的玫瑰，
幼稚的狂热慰我今日孤独。

现今哟，是春的季候，
故乡的田野撒满黄花，
六年前我要拿住小手，
和你并肩地踏完春假。

记否呀，那郊外的田阡，
丛丛密密地长着毛茛；
我们在一个晴明早晨，
我束了黄花向你献呈？

这都是散消了的烟云，
暮春的杜鹃催去了憧憬，
只我在梦中还见你小影，
沉重的怅惘，空望天青。

老人的岁月的巨轮，
已辗碎了我青春幻影；
我现今是孤独奔行，
往日的回忆徒勾伤心。

但我不能压制血液，

血和泪的交迸，

我要理我当日狂歌，

花束般向你献呈。

一九二九年流浪途中。

幻　象

和风中，我依窗向月凝望，
月哟，孤凉地注射银光，
消隐了，玉兔和金桂香，
青空中，浮动着
我的幻象，永久的幻象。

愿如烟儿般轻飘，
如萍片样无边地荡洋（漾），
让春也死，秋也逝，
天堂，地狱，和净修场，
都（是）我无记忆的心的家乡。

只是幻象呵，
你推，压，刺，榨扼我心肠，
你无情地燃起火的光，
你又不眠地看我踏破夜的曼洋洋，
看那月辉，冰样，雪样，泪样……

一九二九。

夜的静……

天的星环，水池的闪光，
暗风中传布着野草野花香，
但我的世界哟，
无涯的悲伤，一片荒场。

天，给我一支现实的歌吧，
给我一个明媚光华的晴日吧！
我灵魂是病着的，病着的，
愿天莫给我重重磨折吧！

我颓衰不如感伤的诗人，
我勇猛不及气吞山河的战将，
日中的眼皮点着梦的刺，
夜的静默，给我悲伤，
想见，想跃向光亮。

一九二九。

残酷的时光，我见你……

残酷的时光，我见你……
鼓着黑色的翅膀逝去，
剩留下我
无依地，
在忏悔的深渊里，
没奈般饮泣。

黑色的蔷薇呢？
你的尖刺，你的尖刺，
进来吧，这，心头，
直刺，刺到深深的底！

我不让
幽蛇般的痛苦，
啮吃我无辜的心；……
时光，我见你
一去不再来临。

一九二九。

记起我失去的人

白色的稚花，
开满了幽径，
青高天空，
游飞着罗般的白云，
我静听着萧诉残怨，
不禁想起你，我失去的人。

F，你在何处？
赤杨无知，
遥询轻云，
轻云无语溜过，
我悲痴的声音沉入
宇宙无底的过去……
我的姑娘，我的姑娘，
我在想着你，你可知？

昔日，多少温情蚀我心，
昔日，你给我多少生命的花影；
如今，你失在人海，
如今，我们无时相见。

永久失去的人，
偕着我的心去吧，
偕着我的心去
踪迹高山的麋鹿，

同登——我的皮屈丽司[1]，

同登天堂，同入地狱。

往日的梦，消逝，

黑色的前途……

休，休！

把生命的手儿轻挝，

失去了你，

我立于世上空孤。……

一九二九。

---

[1] 皮屈丽司：即贝亚特里切，意大利诗人但丁的恋人。

是谁又……

是谁又使我悲悒呢？
是谁扰起了我的幻灭，（?）
我本不欲幽叹，
也不愿哀哀哭泣！

我清冷的一生，
无人顾惜，
我周遭静静地，
沉寂。

有火和力，
我要燃起生命的灯，
冷漠的世界
要听我有力的声音。

只是，
我告别了旧的衣履，
裸热的胸怀
却迎受，在暗夜，冷风和凄雨。

一九二九。

短期的流浪中

一、想着她

爱情——狡恶的混蛋！
这是我第一次把你痛骂，
要是你始终没把我也
麻烦头脑昏花……

想着她，书也难读，
字行中浮沉着她的眼睛，
想着她，哭也难哭，
心的烈火把泪水沸蒸。

想着她，难望故乡，
珠山的回路引到心创——
是榆林的荫影底下，
我曾梦见过伊甸天堂。

如今谁也不听我的声音，
只残酷的让我在回忆中辗转，
枯灰，落叶，干涸的河床是我青春，
我的心愿上上昆仑山。

二、望

望望天空，青，灰，混沌又下雨，
心里悲哀，无聊亦发愁，
鬼影夜叉般，书籍围上我，

干草丛中我又俯拾了黄金年头：

小的白的双脚浸在凉水中，
脏的黑的手儿放在馋口，
莫说不知天地，人生和宇宙，
满心只想捉水下的泥鳅。

如今我忽然离去故园庭，
知识，经验，年龄带我苦哀愁：
既不飞飞上上虹的花的光的国，
又不落，落下污泥，深水，地狱口。

一九二九。

孩儿塔

孩儿塔哟，你是稚骨的故宫，
伫立于这漠茫的平旷，
倾听晚风无依的悲诉，
谐和着鸦队的合唱！
呵！你是幼弱灵魂的居处，
你是被遗忘者的故乡。

白荆花低开旁周，
灵芝草暗覆着幽幽私道，
地线上停凝着风车巨轮，
淡漫漫的天空没有风暴；
这哟，这和平无奈的世界，
北欧的悲雾永久地笼罩。

你们为世遗忘的小幽魂，
天使的清泪洗涤心的创痕；
哟，你们有你们人生和情热，
也有生的歌颂，未来的花底憧憬。

只是你们已被世界遗忘，
你们的呼喊已无迹留，
狐的高鸣，和狼的狂唱，
纯洁的哭泣只暗绕莽沟。

你们的小手空空，
指上只牵挂了你母亲的愁情，

夜静，月斜，风停了微嘘，
不睡的慈母暗送她的叹声。

幽灵哟，发扬你们没字的歌唱，
使那荆花悸颤，灵芝低回，
远的溪流凝住轻泣，
黑衣的先知者默然飞开。

幽灵哟，把黝绿的磷火聚合，
照着死的平漠，暗的道路，
引住无辜的旅人伫足，
说：此处飞舞着一盏鬼火……

一九二九，于上海流浪中。

妹妹的蛋儿

妹妹哟，我亲爱的妹妹，
呵，给我力，禁止我的眼泪，
我的心已经碎了……片片……
我脆弱的神经乱如麻线，
呵，那是你，我的妹妹，
你就是一朵荆榛中的野玫瑰。

你哥哥，是流浪在黄浦江畔，
黄浦的涛歌凄惨难堪，
上海是白骨造成的都会，
鬼狐魑魅到处爬行，
那得如故乡呵，
世外桃源地静穆和平，
只有清丽的故家山园，
才还留着你一颗纯洁小心。

妹妹，自我从虎口跳出，
我便开始在世上乱奔，
如一个小舟失去舵橹，
野马溜了缰绳！
呵，茫茫的前程，
遍地是火，遍地是苦的呻吟，
血泊上反响着强者狞笑，
地球上尽是黑暗森林！

我遇着是虐行和残暴，

欺诈，侮辱，羞耻，孤伶！
我眼看地球日趋灭亡，
人类的灵魂也难再苏醒，
厌恶的芽儿开了虚无的花，
想把生命归与地球同尽！

但今天，你使我重信，
地球不死，人的灵魂
也好似一丛茂繁的森林，
荆棘上开放着白的玫瑰，
顽石旁汩流着珠泉清清……

妹妹，你救拯了我，
以你深浓的同情，
我不能为黑暗所屈服，
我要献身于光明的战争，
妹妹哟，我接着你从故乡寄出的蛋儿，
我不禁我泪儿流滚，
但请信我吧，
我不再如以前般厌憎生命！

一九二九春。

辑 二

在死神未到之前

呵，朋友，完了！完了！
我将抛弃了我的幻想，
我将委身于奔流的江水，
但终不能再回视我的创伤！

忘了呀，这幽暗的征程，
死了呀，这灼人的青春！
我的灵魂将如飞沙般散迸，
我的躯骸，将如泥土般消崩！

朋友，当你面着丰林，
看着飞舞的青磷，
你切莫再记忆起我呀，
我欢忻的眼泪正如黄叶般飞零！

朋友，你明白，落叶一般的生命，
一切的一切，都给我无谓的戏逗，
但是呀，朋友，梦一般的前途，
也散灭，消殒了，我已到了尽头！

朋友，看哪，那阴森，
严肃的，灰色的兵丁，
一股杀人的光芒，
射自他们的眼睛！

那粗糙的木栅，

都吐着寒气阵阵清凛，
这都是什么暗示呀，
朋友，我现在是一个囚人！

朋友，那涩闷的臭味，
那阴湿的潮气，
永远地永远地涣散了，
我就将死在这里！

看呀！看呀！朋友，那黑影，
就在我的眼前摇曳，
他在追着我，紧紧地，
一秒钟都不肯分离！

朋友，永久地忘了我吧，
我将永久地和你分离，
请你忘了吧，忘了吧，
我不过是流水上的枯叶一只！

朋友，我感谢你的厚情，
教我，规我，慰我以热诚，
但是现在我，我不再见你了，
朋友，我真无垠（限）地感激你的深恩！

就在今晚，亲爱的，严冷，
黑暗，恐怖占了大地的时分，
朋友，我将被抓出去了，
这时我要解放了我的灵魂！

朋友，永远的分袂了，
分离了，不再见的分别，

但是记住，忘了我呀！
别使晶莹的眼泪空滴！

一九二七,六月五日于狱中。

一

麻雀在我窗前微语，
世界散满了清冷，
我呀，我独坐在这房里，
细听我心潮之奔腾。

他们，那些恶魔，已经
有了精密的陷阱，
他们搜查过我的箱笼，
现在又把我软禁。

停了一会，只一会，
从这门走进来几个巡警。
虽是同类的动物，
但他们是多末的凶狠！

呀，那不是吗？听呀，
这是他们的讥笑声音，
这些，呵，残暴的，残暴的，
你们在磨琢我的生命！

我的四肢软软地颤动，
我的脑子热涨得昏闷，
为何呵！为何呵？只一会，
我要变成囚人！

那墙壁板着白脸，
带着嘲骂的情神，
那些零乱的纸块，
都藏着无数尖利的眼睛！

我坐着，朋友，我坐着，
我一些也不做动静，
一切理性的影子慢慢的消去了，
只有失望的微吟伴着我的弱心！

想不起，朋友，一切
迷惘地，迷惘地昏沉，
我有时还很宽慰，
总觉得这是梦境。

朋友，无限的寂寞终于破了，
远远地来了一阵足音，
可怕的，可怕的橐，橐的砰响呵，
刹时时（间）惊恐了我的心灵？

呵，朋友，来了，近了，
这是他们的巡警，
我是要这样的被捕去呵，
被捕去做一个囚人！

呀，那杂踏的足音，
一下一下的搞进了我的心门，
无限无限的颤动，
我感着一阵难受的寒噤！

呵，完了，完了，我失了知觉，

我的心已不能再起悸懔，
呵，软弱的人类，软弱的，
死了！恐怖侵蚀尽我的生命！

唉，终于门开了，
走进四个巡警；
后面跟着一群闲人，
唉，他们讥嘲着用向我眼钉。

那黄色的恶魔，狗儿，
恶狠狠地安静的问：
"你们所指的党徒，
是不是这个学生？"

那，那？獐头的小人，
我能忘吗？那广西人，
那矮子，带着可怕的狞笑，
回答他，鼓着胜利的口音。

"这，是，是，这人就是，
他是党徒，很有名，
我们搜过他的箱箧，
得到了很多的物证。

"现在有劳你们，
暂时把他看禁，
我们立刻就有办法，
已向上方报呈！"

呀，朋友，我迷惘了，
我已经失了原有的镇静；

"去！"冷冷的手拿着我的手，——
突来的霹雳打着我的脑门！

昏迷地走了，走了，
周遭都是凶狠的眼睛，
我将如何地闭眼呀，
我情愿立刻断送生命！

要是我离去了我残破的生命，
朋友，我将紧闭着我干燥的眼睛，
我失了一切一切的知觉，
说不定唇边望着微微的笑痕！

我的身躯僵直，浮肿，
蛆虫在上面来往的驰奔，
朋友，这是可喜的，
我灵魂不会钻着这些苦情！

但是，我活着，
我的心急跳怦怦，
我的眼睛开着，
察觉了周围的利针！

我全身起了痉挛，
我皮肤上感了无限的创痕，
我呀，朋友，被拿在这些人的手中，
在一群盲目的动物中缓行！

——你们呀，你们那盲目的群众们，
你们为何这样的朝我钉？
你们是不会了解我的，

我这颗纯洁琳琅的赤心！

——你们以为我是可耻吗？
你们说我反革命？
你们用嘲笑得意的眼光，
来向我身上死钉？

——但是，盲目的可怜的人们，
差了，错误沉溺了你们的心，
我是光荣的，光荣的，
我是革命的忠臣，我有无涯的热情！

——你们饮了敌人的魔酒，
你们误中了敌人的毒酖（鸩），
看罢，那铁般的事实，
你们呀，要头脑冷静！

——你们曾得什么？
你们只有血淹着脚胫，
你们何必笑我呢？
我正为你们身殉！

——你们盲目的一群，
你们并不认清，
别看我了，别看了，
明晃晃的利刃已在你们的头颈！

——呵！呵！你黑丑的矮子，
你别以为你已得胜，
你现在害了我的生命，
但你的死期不久也要到临！

——看，看，那些被压迫的工农，
都已把你们狗东西面目看清，
他们要自己拿起武器来了，
他们要杀尽所有的敌人！

——看，他们不再受欺，
他们要自己起来抗争，
他们深明你们的假面的后方，
有个魔貌是凶厉狰狞！

——呵，呵，你黑丑的矮子，
你微笑吗，卑劣的魔星，
我死也是光荣的，光荣的，
你呢，你终是谄营（佞）的小人！

——唉，P校，别了，别了，
从此的别了，我不再来临，
你柔柳覆着的门户，
你草花明媚的园庭！

——你有晚阳绚灿的图画，
也有玫瑰的早晨的红晕，
但你害不害羞呢？
你终容不下一个革命的诗人！

——别了，亲爱的同学，
努力，努力的创造你们的前程，
我是将永久地去了！
请你们记住我的暗影！

——别了，亲爱的同学，别了！

你们都还这么年青，

你们别忘，千万别忘了，

你们应当为工农的利益而牺牲！

——别了，亲爱的同学！

还有句话，牢记在心，

千万地别学了少数的败类，

中国须要真正的真正的革命！

二

碎石的小路，

彳亍走着我们，

这四个黄色的狗儿，

围着一个"犯人"。

穿过了小桥一座，

钻过了柳丝根根，

我是迷昏地到了，

到了这小小的旧门！

朋友，我又坐着了，

门外有两人立定，

沉寂又占领了一切，

我又细数心的微呻！

我的心如火波的翻腾，

我的知觉已经十分地沉昏，

我想什么呢，我失了感觉，

只觉得身子和宇宙一起慢慢的消殒！

朋友，这样，我在这里囚笼里坐着，

我为惊怖与愤恨的扰动而困顿，
我象入睡一般的坐着坐着，
静静的默默的，等待着死之来临。

三

朋友，我木坐在这灰暗的小室，
厚钝的心幕竟这么顽冥，
我自己用事实来证明自己，
但是呀，我还以为我在梦境。

你看，这儿一张小小的方桌，
上面放着幽暗的一架破灯，
再堆着一堆死白的报纸，
我不明白我来在此地作甚？

无数不认识的东西，
在我的眼前跳腾，
我无意识的蹬脚，
我忽然睡去般的迷昏。

朋友，一个半天我费了去，
我浸溺于这昏沉，
我遗忘了宇宙一切，
我也遗忘了自身。

又来，朋友，沉重的步声，
终至敲入了我的虚心，
又是四个灰色的兵丁，
这样，又搅起了我心弦的狂鸣。

那鲜红的鼻子，

与这面貌的凶狞，
我要没骨的记住，
虽我已骨碎身粉。

我明白了，这玩意儿，
我是要起解动程，
送到所谓"上方"去，
把我这个弱小的囚人。

我惊异那雨后夕阳的惨淡，
那万物的凄清，冷静，
看呵，小孩们停止了游戏，
就是麻雀们也停止了歌吟！

那一部黄包车上，
坐着我们两人，
强硕的那个走狗呀，
用手围着我的腰身！

哼，你们又何必多虑，
要铺排得这般周精，
我不会逃去，
我将血溅你们这些狗颈！

唉唉！可怜的车夫，
请你恕我的薄情，
我是将朽的残骨，
还多承你血汗超引！

记着，你被侮辱的人们，
你们要团结得紧紧，

你们要起来奋斗，
来，来，来打死你们的敌人！

你们是世界的主人，
你们是地球的生命，
起来，起来，流血，
流着惨碧的血，拿着血色的旗旌！

兄弟，兄弟，快醒来，
你们的死期已近，
快刀已在你们的头旁，
血水已淹没了你们的脚胫，

哪！向光明，冲去！
那面是温热的光明，
只靠你们自己的力量，
才救得你们自己的生命！

象我，完了，恕我，兄弟，
我的责任一些未尽，
兄弟，惭愧将志上我的墓碑，
恶魔们已吞噬了我的生命！

微风拂我的衣襟，
四周还是麦浪青青，
远处犬吠的当中，
夹着一阵阵凄苦的劳动的呼声！

呵，呵，完了，完了，
我的日子终于告尽，
别了，宇宙，别了，地球，

我的赤血将把你润浸！

劳动的兄弟们，唱吧，
唱着你们要唱的歌吟，
你们受苦的日子也完了，
光明，解放，就在前面候等！

劳动的兄弟们，哭吧，
哭个淋漓尽情，
哭着那无数勇敢的战士，
为着那，你们，流血殷猩！

唉，狭小的街道，
你这旧狭的世尘，
我要有无限的大力，
我要破毁你个净尽！

唉，我要破毁，我要破毁，
破毁这狭小的死城，
我要建设，我要建设，
建设世界的自由光明！

到了，朋友，这个所在，
我终于到临，
那灰红色的大门，
正不知吞蚀了多少生命！

看，这拖着拖鞋的委员先生，
睁着这凶狠而疲倦的眼睛，
学着什么人的样子呢？
这样一来便算吩咐把我这里送进？

四

朋友，这是何处的钟鸣，
终把我的沉梦惊醒，
这又是何来的神符，
终召回了我久离的心灵。

朋友，我第一第二脚踏着泥泞，
我静听着这琳琅下锁的声音，
我醒了，我如从梦中回来般的醒了，
这里，这里便是我最后徘徊的人境！

这长方的囚室，
排着板坑两行，
在这上面死人般的横置着，
是我的同路者五人。

他们听了下锁的声音，
用倦困的眼光对我钉（盯），
这是何等可怜的同情呀，
他们是在表示无限的欢迎。

呵，这和蔼的语声，
在我耳边回响荡震，
"你，你是那里来的？
你是犯了何种罪名？"

"唉，朋友，是呀，为了革命——"
"糟了，你还这般年青，
不该谈这可怕的字眼，
我们还不是吗，五个工人？"

朋友，别笑我这弱者，
我的心中有热火在燃焚，
我的心膜着了无限的震刺，
我的眼泪徐徐地流到衣领。

他们破哑的喉咙，
发出可怕而慰藉的叹声：
"到了此地，还是安心些罢，
谁，能，现在，保障自己的生命！"

五

我全身起了寒战，
我似乎想痛哭一阵；
然而我抑止了，朋友，
我突然又见了"可怕的革命！"

朋友，有什么呢？
革命的本身就是牺牲，
就是死，就是流血，
就是在刀枪下走奔！

牢狱应该是我们的家庭；
我们应该完结我们的生命，
在森严的刑场上，
我的眼泪决不因恐惧而洒淋！

忏悔吧，可怜的弱者，
死去！死是最光荣的责任，
让血染成一条出路，
引导着同志向前进行！

六

从这灰白的高墙，
惨黄的夕阴传进，
同志们，欣喜吧！
这正是象征着最大的斗争。

这正象征着统治者的运命，
同志们，快起来奋争！
你们踏着我们的血，骨，头颅，
你们要努力地参加这次战争！

我们现在完了，
我们卸去了责任，
但是工作正还多着，
快些下个决心把它做成！

你们去争回玫瑰的早晨，
你们要叫光明的曙曦照临，
我们的血，骨，头颅，
我们都将慰欣！

七

夜色徐徐下降，
如落叶的辞林，
听呵，听，朋友，
这里有我生命的呼声！

黑暗慢慢地并吞了大地，
幽幽地显出这盏半明的短檠，
朋友，看呀看，

这里有我生命的残灯！

这生命的呼声，
这生命的残灯，
象狂飙的旋突，
摧残剿击了我的心旌！

我的心旌，我的心旌，
这残破，这残破的心旌，
不久呵，唉，朋友，
将消灭在这无边的中心！

我十七年的生命，
象飘泊的浮萍，
但终于要这样的，
这样的埋葬了青春！

我十七年的青春，
这槁枯的灰尘，
消灭了，消灭了，
一切将随风散殒！

我不曾有快欢的日子，
我不曾有狂妄的野心，
我的生命，我的青春，
总象一朵浮萍！

象一朵浮萍，象一朵浮萍，
终日终月终年在水上漂零，
谁也不曾爱过我，
除了亲爱的同伴和我的母亲！

我的母亲，我的母亲，
伟大的爱情与慰安的中心，
她是我最大的爱者，
我的热情都从她产生。

但是浮萍呀浮萍，
无定是你的行程，
归去了，归去了，
现在你找得了归径！

槁枯的青藤，
快变成无生的灰尘，
再培植富丽的新生，
这是我的喜悦，但是，母亲……

母亲，你的儿子
为了革命，去了，革命！
永远要别你去了，
请别再望穿了眼睛！

母亲，你的儿子，
去了，为了革命；
永远要离你去了，
请别再替我担心！

死的门早已开着，
你的儿子就将踏进，
请别为我流涕呀，
你的儿子已得了光荣的赐赠！

母亲，你可想到，

你儿子做了犯人，
在这幽暗的囚笼，
在流涕思念乡亲？

母亲，你可梦见，
你的儿子，已经
把生命的卷纸，
在火上烧做灰烬？

母亲，你可能幻想，
你的儿子的生命，
在这死沉沉的黑夜里，
竟会熄了残灯？

母亲，你不是希望，
你的儿子成人，
做了威凛凛的官员，
光耀你的蓬门？

母亲，你不是幻想：
你的儿将来成人，
献你多少财宝，
你呈着笑容盈盈？

母亲，你不是梦见，
你的儿子住在校里安宁，
天天伏在案上，
天天在房里用心？

母亲，你不是想着，
你的儿子在这时分，

他安安静静的躺在床上，
寻着甜蜜的梦境？

但是，母亲，完了，
这些都成烟影！
我从此从后，
要见你一面已是不可能。

你儿子的生命之残灯，
油已经枯涸干净，
你要恕我呀，
我不能把你孝敬！

你的儿子不孝，
不能奉养困苦的母亲，
永远的告别了，母亲，
拿回去我这热颤的心！

别了，母亲，别了！
此地是你儿子的冷吻，
吻呀，吻呀，吻呀，母亲，
请别祈祷着为我的安宁！

唉，母亲，母亲，
别了，永远的别了，母亲，
我要死去，这样光荣的死去！
我永久的爱者，亲爱的女神！

八

朋友，墙外传来无力的扑声。
应着我同路者的鼾声，

我正流着涕儿，
想念我永久的爱者——母亲！

但是朋友，我并不怕死，
死于我象一种诱引，
我对之不会战栗，
我只觉得我的光明愈近！

．．．．．．．．．．．

朋友，我不明了，
我挥着困倦的手腕不停，
麻雀儿尚且叫喊，
人也未始不可呻吟！

朋友，告别了，亲爱的；
我将告终我的生命！
我寄给你这些，
就代替一封长信！

别了，朋友，请别悲哀，
你该了解我的苦心
死在等候着我，
和他一起的还有光明！

别了，永久的长别了，
快去，了解了革命，
努力的做人去，
别空望着我的心影！

完了，完了，朋友，

我的手臂何等的酸困，

祝我的暗影，

永远扰搅了你的梦魂！

一九二七,六月五日夜半于狱中。

（原载 1928 年 4 月 1 日《太阳月刊》4 月号，署名任夫。）

呵，我们踯躅于黑暗的丛林里！

呵，我们踯躅于黑暗的黑暗的丛林里，
毒藤绕缠着脚胫，荆棘刺痛了手臂！
呵，我们手牵着手，肩并着肩，
踯躅着，踯躅着在这黑暗的丛林里。

在这儿，无边，无穷的黑暗，黑暗，
把我们重重地，重重地包围，包围，
我们看不见美丽的灿烂的星海，
我们看不见温热的太阳的光辉。

多液的毒藤蔓延着，蔓延着在路旁，
带刺的花朵放出可怕的麻醉的浓香，
古怪的灌木挂着黝青色的细叶，
开放着妖魔的死的光芒的黑色牡丹！

这儿有刺人灵魂的怪鸟的狂鸣，
也有最大最毒的蟒蝎荡着怕人的呻吟，
绿的眼睛红的舌尖，这黑暗中也看得分明；
但是，没有天上的音乐，也没有地球的歌声！

我们是受饥饿，寒冷所压迫的一群，
苦痛和愤恨象蚕一般地吞啮着我们的心灵，
我们没有欢乐，和幸福，也没有叹声，
我们只是手牵着手，肩并着肩，踯躅前进！

我们肩并着肩，让冷风吹着我们的赤身，

我们手牵着手，互相传递着同情和微温，
我们带着破碎的心灵和痛苦的命运，
忍耐着，忍耐着，一起地踯躅前进！

呵，我们踯躅于黑暗的黑暗的丛林里，
痛苦象小虫般地吃噬着我们肉体，
饥寒象尖刀般地刮刺着我们肌肤，
然而我们的心哟，愤怒的炬火已经烧起！

在我们的心里，愤怒的炬火已经燃起，
反抗的热焰已经激动，激动了我们的血液，
我们手牵着手，肩并着肩，把脚步整齐，
向前走去，冲去，喷着愤怒的火气！

呵，我们踯躅于黑暗的，黑暗的丛林里，
世界大同的火灾已经被我们煽起，煽起，
我们手牵着手，肩并着肩，喷着怒气……
在火中我们看见了天上的红霞，旖旎！

一九二八，Juni，四

（原载 1928 年 8 月 20 日《我们月刊》第 3 期，署名任夫。）

梅儿的母亲

"母亲，别只这样围住我的项颈，
你这样实使我焦烦，
我怕已是软弱得无力离开床枕，
但即使是死了，我还要呼喊，

"你怎知道我的心在何等地沸腾，
又岂了解我思想是如何在咆哮，
那你听，这外边是声音，解放的呼声，
我是难把，难把热情关牢。

"听吸（呀），这——吁——吁——吁
子弹从空气中飞渡，
妈呀，这是我，你，穷人们的言语，
几千年的积愤在倾吐！

"哪，外面是声音，声音，
生命在招呼着生命，
解放，自由，永久的平等，
奴隶是奴隶们在搏争光明，

"上前哟，劳苦的兄弟们，
不怕流血，血才染红旗旌，
世界的创造者只是我们，
我们要在今天，今天杀尽魔君，

"母亲，让我呼吸，让我呼吸，

我的生命已在这个旦夕，
但使我这颓败的肺叶，
收些，收些自由气息！

"别室死了我，我要自由，
我们穷人是在今日抬头，
我是快乐的，亲见伟举，
死了，我也不是一个牢囚！"

——在乡下——

（原载 1929 年 5 月《海风周报》第 17 期特大号，署名徐殷夫。）

怀拜轮[1]

唉，你高晶的红星哟，

望着生身的母亲吧，

在地球上喷着多少火山，

滚沸着多小（少）白热真心？

瞌睡或会过于深沉，

你的精神可别让迷昏，

即使你现在还感得孤独，

你也定耐得短期的候等。

严冬的雪帐内育生了阳春，

黑暗的前夜领引来明晨，

即在罪恶的地狱中，

也几句透出了觉醒的呻吟！

一九二九，于西寺。

（原载 1930 年 6 月 14 日《草野周刊》第 2 卷第 11 号

《中国现代名家作品专号》，署名白莽。）

---

[1] 拜轮：拜伦，英国浪漫主义诗人。

血　字

血　字

血液写成的大字，
斜斜地躺在南京路，
这个难忘的日子——
润饰着一年一度……

血液写成的大字，
刻划着千万声的高呼，
这个难忘的日子——
几万个心灵暴怒……

血液写成的大字，
记录着冲突的经过，
这个难忘的日子——
狞笑着几多叛徒……

"五卅"哟！
立起来，在南京路走！
把你血的光芒射到天的尽头，
把你刚强的姿态投映到黄浦江口，
把你的洪钟般的预言震动宇宙！

今日他们的天堂，
他日他们的地狱，
今日我们的血液写成字，

异日他们的泪水可入浴。

我是一个叛乱的开始，
我也是历史的长子，
我是海燕，
我是时代的尖刺。

"五"要成为报复的枷子，
"卅"要成为囚禁仇敌的铁栅，
"五"要分成镰刀和铁锤，
"卅"要成为断铐和炮弹！……

四年的血液润饰够了，
两个血字不该再放光辉，
千万的心音够坚决了，
这个日子应该即刻消毁！

意识的旋律

银灰色的湖光，
五年前的故乡；
山也清，水也秀，
鳞波遍吻小叶舟，
平和，惰怠的云，
渺茫，迷梦似的心，
在波风黑暗的高台，
遥望 Milky Way[1] 上的天仙。
星星在苍空上闪耀，
憧憬的芽儿破晓。

---

[1] Milky Way：银河。

南京路的枪声，
把血的影迹传闻，
把几千的塔门打开，
久睡的眼儿自外探窥，
在群众中羞怯露面，
抛露出仇恨，隘狭语箭！
实际！实际！第三实际！
"科学！"旋律迫至中央 C。

呵！高音的节奏，
山高的浪头！
《月光曲》的序幕开展，
洪大的巨波起落地平线！
碧绿的天鹅绒似的波涛，
在天边，天边，夹风怒嚎！
卷上昆仑的高顶，
振动满缀石窟的长城！
愤怒的月儿血般地放光，
叛逆的妖女高腔合唱！
流血，复仇，冲锋，杀敌，
新的节拍越增越急！
黄浦滩上唱出高音，
苏州河旁低回着呻吟！
炮，铁甲车，步声，怒吼，
新的旗帜飘上了人头！
三次的流血，流血，流血，
无限的坚决，坚决，坚决！
"四一二"的巨炮振破欢调，
哭声夹着了奸伪的狂笑！
颤音奏了短音阶的缓曲，
英雄受着无限的屈辱！

报仇！报仇，报仇！
Dec.11[1] 喊破了广州！
白的黑衣掩了红光，
五千个无辜尸首沉下珠江，
滔天的大浪又沉没了神州，
海的中心等候着最大的锤头！

最高，最强，最急的音节！
朝阳的歌曲奏着神力！
力！力！力！大力的歌声！
死！胜利！决战的赤心！
朝阳！朝阳！朝阳！
憧憬的旋律到顶点沸扬，
金光！金光！金光！
手下生出了伟（大）翅膀，
旋律离了键盘，
直上，直上天空飞翔，飞翔！飞翔！

一九二九，四，廿三。

一个红的笑

我们要创造一个红色的狞笑，
在这都市的纷嚣之上，
牙齿与牙齿之间架着铜桥，
大的眼中射出红色光芒。
他的口吞没着全个都市，
煤的烟雾熏染着肺腑，
每座摘星楼台是他的牙齿，
他唱的是机械和汽笛的狂歌！

---

[1] 1927 年 12 月 11 日，中国共产党在广州进行武装起义。

134

一个个工人拿着斧头，

摇着从来未有的怪状的旗帜，

他们都欣喜的在桥上奔走，

他们合唱着新的抒情诗！

红笑的领颚在翕动，

眼中的红光显得发抖，

喜悦一定使心儿疼痛，

这胜利的光要照到时空的尽头。

一九二九,四,九。

上海礼赞

上海，我梦见你的尸身，

摊在黄浦江边，

在龙华塔畔，

这上面，攒动着白蛆千万根，

你没有发一声悲苦或疑问的呻吟。

这是，一个模糊的梦影，

我要把你礼赞，

我曾把你忧患，

是你击破东方的谜雾，

是你领向罪恶的高岭！

你现在，是在腐烂，

有如恶梦，

万蛆攒动，

你是趋向颓败，

你是需经一次诊探！

你是中国无产阶级的母胎，

你的罪恶，

135

等于你的功业，

你做下一切的破坏，

到头还须偿还。

"五卅"，"四一二"的血不白流，

你得清算，

你得经过审判，

我们礼赞你的功就，

我们惩罚你的罪疣。

伟大的你的生子，

你的审判主，

他能将你罪恶清数，

但你将永久不腐不死，

但你必要诊探一次。

一九二九，四，廿三。

春天的街头

呵，烦闷的春吹过街头，

都市在阳光中懒懒地抖擞。

富人们呀没头地乱奔，

"金钱，投机，商市，情人！"

塌车发着隆隆的巨吼，

报告着车夫未来抬头。

哼哼唷唷地把力用尽，

只有得臭汗满身。

汽车上的太太乐得发抖，

勾情调人又得及时上手。

电车上载着一切感情，

轮子只压碎了许多人心，

还有诗人像春天的狗，

用眼光向四方乱瞅，

呵，女眼女腿满街心，

满天都是烟士披里纯 [1]。

向着咖啡电影院快走，

也无暇把腐烂的韵脚搜求。

强盗走着也象个常人，

只心里在笑巡捕怪笨！

"拍卖心，拍卖灵魂！"

"拍卖肉，拍卖良心！"

但是轰的一声，

塌车翻在街心，

一切的人都在发抖，

不见拉车的人哼唷地走在车的前头。

一九二九，三，十五。

别了，哥哥

（作算是向一个 Class[2] 的告别词吧！）

别了，我最亲爱的哥哥 [3]，

你的来函促成了我的决心，

恨的是不能握一握最后的手，

再独立地向前途踏进。

二十年来手足的爱和怜，

二十年来的保护和抚养，

---

[1] 烟士披里纯：inspiration，灵感。

[2] Class：阶级。

[3] 指殷夫的大哥徐培根。

请在这最后的一滴泪水里，
收回吧，作为恶梦一场。

你诚意的教导使我感激，
你牺牲的培植使我钦佩，
但这不能留住我不向你告别，
我不能不向别方转变。

在你的一方，哟，哥哥，
有的是，安逸，功业和名号，
是治者们荣赏的爵禄，
或是薄纸糊成的高帽。

只要我，答应一声说，
"我进去听指示的圈套"
我很容易能够获得一切，
从名号直至纸帽。

但你的弟弟现在饥渴，
饥渴着的是永久的真理，
不要荣誉，不要功建，
只望向真理的王国进礼。

因此机械的悲鸣扰了他的美梦，
因此劳苦群众的呼号震动心灵，
因此他尽日尽夜地忧愁，
想做个 Prometheus[1] 偷给人间以光明。

真理和愤怒使他强硬，

---

[1] Prometheus：普罗米修斯，希腊神话中为人类盗取火种的神。

他再不怕天帝的咆哮，

他要牺牲去他的生命，

更不要那纸糊的高帽。

这，就是你弟弟的前途，

这前途满站着危崖荆棘，

又有的是黑的死，和白的骨，

又有的是贬（砭）人肌筋的冰雹风雪。

但他决心要踏上前去，

真理的伟光在地平线下闪照，

死的恐怖都辟易远退，

热的心火会把冰雪溶消。

别了，哥哥，别了，

此后各走前途，

再见的机会是在，

当我们和你隶属着的阶级交了战火。

一九二九，四,十二。

都市的黄昏

街上卧坠下白色暮烟，

空气中浮着工女们的笑声，

都市是入夜——电灯渐亮，

连续地驰过汽车长阵。

Motor[1] 的响声嘲弄着工女，

Gasoline[2] 的烟味刺人鼻管，

---

[1] Motor：发动机。

[2] Gasoline：汽油。

这是从赛马场归来的富翁，
玻璃窗中漏出博徒的高谈。

灰色的房屋在路旁颤战，
全盘的机构威吓着崩坍，
街上不断的两行列，工人和汽车；
蒙烟的黄昏更暴露了都市的腐烂。

富人用赛马刺激豪兴，
疲劳的工女却还散着欢笑，
且让他们再欢乐一夜，
看谁人占有明日清朝？

一九二九，四，廿七。

（原载 1930 年 5 月《拓荒者》第 4、5 期合刊。
此期另有一种版本，改名《海燕》。署名殷夫。）

一九二九年的五月一日

一

最后的电灯还闪在街心，
颓累的桐树后散着浓影，
暗红色的，灰白色的，
无数的工厂都在沉吟。

夜还没收起她的翅膀，
路上是死一般的荒凉，
托，托，托，按着心的搏跃，
我的皮鞋在地上发响。

没有戴白手套的巡警，
也没有闪着白光的汽车眼睛，
烟突的散烟涌出，——
纠缠着，消入阴森。

工厂散出暖的空气，
机器的声音没有怠疲，
这儿宇宙是一个旋律——
生的，动的，力的大意。

伟长的电线杆投影，
横过街面有如深井，
龌龊的墙上涂遍了白字，——
创口的膏布条纹：

纪念五一劳动节！
八小时工作！
八小时教育！
八小时休息！

打倒××[1]党！
没收机器和工场！
打倒改良主义，
我们有的是斗争和力量！

这是全世界的创伤，
这也（是）全世界的内疚，
力的冲突与矛盾，
爆发的日子总在前头。

呵，我们将看见这个决口，
红的血与白的脓汹涌奔流，
大的风暴和急的雨阵，
污秽的墙上涂满新油。

呵，你颤战着的高厦，
你底下的泥沙都在蠢爬；
你高傲的坚挺烟突，
烟煤的旋风待着袭击……

二

勤苦的店主已经把门打开，
老虎灶前已涌出煤烟，
惺忪睡容的塌车夫，

---

[1] 此处指国民党。

坐在大饼店前享用早点……

上海已从梦中苏醒，
空中回响着工作日的呵欠声音，
上工的工人现出于街尾，
惨白的路灯残败于黎明。

我在人群中行走，
在袋子中是我的双手，
一层层，一叠叠的纸片，
亲爱地吻我指头。

这里是姑娘，那里是青年，
半睡的眼，苍白瘦脸，
不整齐地他们默着行走，
黎明微凉的空气扑上人面。
她们是年青的，年青的姑娘，
他们是少年的——年青力强，
但疲劳的工作，不足的睡眠，
坏的营养——把他们变成木乃伊模样。

他们象髑髅般瘦屙，
他们象残月般苍黄，
何处是他们的鲜血，青春……
是润着资产阶级的胃肠。

他们她们默默地走上，
哲学家般地充满思想，
这就是一个伟大的头脑，
思慕着海底的太阳。

呵，他们还不知道东方输上了红光，

这个再不是"他们"的朝上，

这五一节是"我们"的早晨，

这五一节是"我们"的太阳！

三

我才细细计划，

把我历史的工作布置，

我要向他们说明：

今天和将来都是"我们"的日子。

——"今天是五月一号，

这是他们的今朝，

我们要拒绝做工，

我们叫出三个口号：

"八小时工作，

八小时休息，

八小时教育！

"我们总同盟罢业，

纪念神圣的五一节，

这是我们誓师的大典，

我们要继续着攻击！

⋯⋯⋯⋯"

四

怒号般的汽笛开始发响，

厂门前涌出青色的群众，

天，似有千万个战车在驰驱，

地，似乎在挣扎着震动。

呵哟，伟大的交响，
力的音节和力的旋律，
踏踏的步声和小贩的叫喊，
汽笛的呼声久久不息……

呵，这杂乱的行列，
这破碎零落的一群，
他们是奴隶，
又是世界的主人。

这被压迫着的活力，
这被囚困着的精神，
放着大的号呼了，——
欢迎我们的黎明……

我突入人群，高呼：
"我们……我们……我们……"
白的红的五彩纸片，
在晨曦中翻飞象队鸽群。

呵，响应，响应，响应，
满街上是我们的呼声！
我融入于一个声音的洪流，
我们是伟大的一个心灵。

满街都是工人，同志——我们，
满街都是粗暴的呼声，
满街都是喜悦的笑，叫，
夜的沉寂扫荡净尽。

呵哟，这是一阵春雷的暴吼，

新时代的呱呱声音，
谁都溶入了一个憧憬的烟流，
谁都拿起拳头欢迎自己的早晨。

"我们有的是力最（量），
我们有的是斗争，
我们的血已浮荡，
我们拒绝进厂门！……"

五

一个巡捕拿住我的衣领，
但我还狂叫，狂叫，狂叫，
我已不是我，
我的心合着大群燃烧。

他是有良心的狗：
"这是危险的事业——
只要掉得好舌头，
也可摆脱罪孽……"

谢你哟，我们的好巡警，
我领受你的好心，
从你我已看出同情的萌芽，
却看不见你阶级的觉醒。

这是对垒的时候，
只要坚决地打下心肠——
不替杀人者杀人，
那就是我们的战将。

群众的高潮在我背后消去，

黑暗的囚牢却没把我心胸占据，

我们的心是永远只一个，

无论我们的骨成灰，肉成泥。

我们的五一祭是誓师礼，

我们的示威是胜利的前提，

未来的世界是我们的，

没有刽子手断头台绞得死历史的演递。

一九二九，五，五。

（原载 1930 年 5 月 1 日《萌芽月刊》第 1 卷第 5 期

《五月各节纪念号》，署名白莽。）

诗四首

夜的静默

夜不唱歌，夜不悲叹，
巷尾暗中敲着馄饨担，
闹钟的啜泣充满亭子间。

我想起我幼小情景，——
鹤群和鸽队翱翔的乡村，
梦的田野，绿的波，送饭女人……

黑的云旗，风车的巨翼，
青苍苍的天空也被吞吃，
颤动的雷声报告恶消息：

燕儿归，鸽群回，女人回家去，
红的电，重的雷，愤怒的诗句，
狂风暴雨之暴风和狂雨。

流浪人短歌

冷幽幽的微风袭上胸口，
呵，我只穿着一件衬衫，
身旁走动着金的衣，珠的纽，
落拓的穷人也要逛夜来。

不见那边电影院口耀明灯，
电灯也高傲地向着你贬（眨）眼，

还不是嘲弄地给你询问——
"我们的门下你可要进来？"

大商店开着留声机，
广东的调儿也多风韵，
跳舞场里漏出颓废乐意（音），
四川路的夜已经深沉。

电车没有停，汽车飞奔，
咖啡店的侍女扬着娇音，
黄包车夫，搔头，脱了帽，
在街头，巷口，店前，逡巡。

我走着路，暗自骄傲，
空着手儿也走街沿，
也不搔头，又不脱帽，
只害得爱娇的姑娘白眼……

哈，哈，姑娘，彩花的毒蛇，
理去，理你蛊惑人心的艳装！
我不是孤高怨命的枯蝉，
我的褴褛是我的荣光。

你白领整装的 Gentlemen[1]，
脑儿中也不过是些污秽波浪，
女人的腿，高的乳峰柔的身，
社会的荣誉，闪光的金洋。

巍峨挺天的邮政总局，

---

[1] Gentlemen：绅士。

铁的门儿深深闭紧，
汽窗也漏出人类幽哭，
厚墙，坚壁可难关住声音。

桥的这边多白眼，
桥的那面耸高屋，
苏州河边景凄凉，
灯影乱水惹痛哭！

我不欲回头走刺路，
我不欲过桥攀高屋，
凉夜如水雾如烟，
我要入河洗个泪水浴……

青的游

青是池水，
青是芳草，
苍蝇，甲虫，粉蝶，
白兔儿在天际奔跑……

你的心如兔毛纯洁，
你的眼如兔走飘疾。

我拈花，摘花，插襟，
你微笑，点头，红晕。
花上有水珠，
花下有深心。

青是池水，
青是芳草，
天上有白，白，白的云，

我们是永，永，永在一道。

最后的梦

我从一联队的梦中醒来，
窗外还下着萧瑟的淫雨，
但恐怖的暗重云块已经消散，
远处有蛙儿谈着私语。

哟，我在最后的梦中看见了你，
你像女神般端正而又严肃，
你的身后展开一畦绿的野地，
我无可慰藉地在你脚下泣哭。

"若是你对我还有，还有一些温意，
那末我（你）说吧，说一句'我爱。'
若是你那颗心终也没有我的居留地，
你只要轻笑着说：'滚蛋！'"

"——你的身世，漂泊，烦恼，我同情；
我只当你是我一个可怜的弟弟，
因为我的心，我的心留在远的都城，
我不能背了他，背了他说'我爱你'。"

"……罪恶的爱！罪恶的爱！……
呵，爱到今日再不是独有的私产，
未来的社会是大家庭的世界，
千百万个爱你，你爱千百万。

"若你是个紫外线儿，或 X 光，
你一定总窥见了我的心怀，
你试看它的血波多末激荡，

不久，失望的情火要烧它成焦炭。

"我说过我是一颗春笋，
坚壁的泥中埋藏了我的青年，
我今日是，是切望着光的温吻，
请哟，请说：'弟，立起来！'

"……我吻着你了，你的朱唇，
冷颤颤地不胜春寒，
姊姊哟，即使你只给我一个冷的吻，
我心中也爆了新生的火山。"

（原载 1929 年 8 月 20 日《奔流》

第 2 卷第 4 期，署名白莽。）

我们的诗

前　灯

汽笛火箭般的飞射，

飞射进心的深窝了！

呵哟，机械万岁！

展在面前是无限的前途，

负在脊上是人类的全图！

呵哟，引擎万岁！

燃上灼光的前灯吧！

让新的光射透地球，

以太掀着洪涛，

电子的波浪咆哮，

呵哟！光明万岁！

机械前进了，

火箭似的急速，

点，点，点连成长线……

永续的前途，突进哟！前进万岁！

一九二九,六,二三。

Romantik[1] 的时代

Romantik 的时代逝了，

和着他的拜伦，

---

[1] Romantik：浪漫的。

他的贵妇人和夜莺……

现在，我们要唱一只新歌，

或许是"正月里来是新春"，

只要，管他的，

只要合得上我们的喉音。

工厂里，全是生命：

我们昨天闹了写字间，

今天童子团怠工游行，

用一张张传单串成，

说"比打醮（醮）还要灵"

…………

这些，据说上不得诗本。

一九二九，一一。

Pionier[1]

我们把旗擎高，

号儿吹震天穹，

只是，走前去呵，

我们不能不动！

这尚是拂晓时分，

我们必须占领这块大地，

最后的敌人都已逃尽，

曙光还在地平线底。

荒芜的阵地，

开着战斗的血花吧！

胜利的清晨，

太阳驰上光霞吧！

---

[1] Pionier：德语，即"拓荒者"。

走前去呵，同志们！

工作的时候不准瞌睡，

大风掠着旌旗，

我们上前，上前！

一九二九，一一。

静默的烟囱

烟囱不再飞舞着烟，

汽笛不再咽叹着气，

她坚强地挺立，有如力的女仙，

她直硬的轮廓象征着我们意志！

兄弟们，不再为魔鬼作工，

誓不再为魔鬼做工！

我们要坚持我们的罢业，

我们的坚决，是胜利的条件，

铁的坠（隧）道中流着我们的血，

皮带的机转中润着我们的汗水，

我们不应忍饥寒，

我们不应受蹂躏，

我们是世界的主人。

看，烟囱静默了，

死气笼住工场的全身，

这只是斗争时的紧张，

胜利时，

汽笛将歌咏我们的欢欣。

一九二九，一一。

让死的死去吧！

让死的死去吧！

他们的血并不白流，

他们含笑的躺在路上，

155

仿佛还诚恳地向我们点头。
他们的血画成地图，
染红了多少农村，城头。
他们光荣地死去了，
我们不能向他们把泪流，
敌人在瞄准了，
不要举起我们的手！

让死的死去吧，
他们的血并未白流，
我们不要悲哀或叹息，
漫漫的长途横在前头。

走去吧，
斗争中消息不要走漏，
他们尽了责任，
我们还要抖擞。

一九二九，一一。

议　决

在幽暗的油灯光中，
我们是无穷的多——合着影。
我们共同地呼吸着臭气，
我们共同地享有一颗大的心。

决议后，我们都笑了，
象这许多疲怠的马，
虽然，又静默了，
会议继续到半夜……

明日呢，这是另一日了，

156

我们将要叫了！

我们将要跳了！

但今晚睡得早些也很重要。

一九二九，一一。

（原载 1930 年 1 月 10 日《拓荒者》第 1 卷第 1 期，署名殷夫。）

诗三篇

我 们

我们的意志如烟囱般高挺，

我们的团结如皮带般坚韧，

我们转动着地球，

我们抚育着人类的运命！

我们是流着汗血的，

却唱着高歌的一群。

目前，我们陷在地狱一般黑的坑里，

在我们头（上）耸着社会的岩层。

没有快乐，幸福，……

但我们却知道我们将要得胜。

我们一步一步的共同劳动着，

向着我们的胜利的早晨走近。

我们是谁？

我们是十二万五千 [1] 的工人农民！

一九二九，十二，二。

时代的代谢

忽然，

红的天使把革命之火

投向大地！

这不是偶然的，

---

[1]《与新时代的青年》里作"十二万万五千万"。

这不是偶然的！

严坚的冰雪，

覆盖着春的契机，

阴森的云霾，

掩蔽着太阳的金毫万丝。

怒气

是该爆发了！

愤意

是该裂炸了！

昔日，

我们在地底，

流血，放汗，

劳筋，瘁骨！

今日，

你们走向桌下去吧！

我们要以劳动的圣歌，

在这世界——

日光耀放，

寒冰流解，——

建筑一座人类的殿堂。

一九二九，十二，二。

May Day[1] 的柏林

我们严肃的队伍，

开始为热烈的波涛冲破，

袭击！袭击！

愤怒的信号在群众中传播。

好象铁的雨点，从云端下落，

一阵紧迫一阵，

---

[1] May Day：五月一日。

宪兵的马蹄搞（敲）着路道，
向，向着我们迫近！

迎战哟！我们的队伍，
为勇于迎敌的热情，
开始突破了行列，
满街，瞧！都（是）我们在狂奔！

雷电似的冲突！
暴怒的狂飙振摇全城！
铁与铁，肉与肉，血与血，
伟大的抗争！

暴乱的笑容展开在街头，
柏林的"五一祭"，
宪兵，军警，社会民主党，
我们是世界普罗列搭利亚[1]的一分！
冲突吧，这是开始，
胜利的开始，
我们用枪来射击，
射击布尔乔亚[2]的德意志！

队伍，突进，蜂聚，袭击，
街战栗，漫着杀的烟雾，
狂热的号呼代替了静寂，
每逢马路上奔驰飞步！
枪声鼓唱了新时代的新生，
红旗摇展开大斗争的前战！

---

[1] 普罗列搭利亚：Proletarian，无产阶级。

[2] 布尔乔亚：Bourgeois，资产阶级。

攻击，攻击，永远的攻击，

斗争中没有疲倦！

一九二九,十二,十一。

（原载 1930 年 2 月 10 日《拓荒者》第 1 卷第 2 期，署名殷夫。）

与新时代的青年

是战争的时代！

大地上，
漫涨着烽烟，
天穹底，
响振着战号的吼嗔。

狂澜的汹涌，
军旗的翻腾，
报告我们：
转变地球的剧战，
向我们一步一步跨近。

新的青年们，
我们得参战，
这边或那边，
一刻也不准再徘徊！

这是前夜的对垒：
光明　对抗　黑暗，
真理　对抗　强暴，
解放　对抗　剥夺！

流血的歌声巨涛般冲激着了，
嘹亮的汽笛山瀑般合唱着了，
告知胜利的属主：

十二万万五千万的一群，

坚强，固执，

愤怒，团结，确信，

不能站在中间，

这不是时候，

把武器拿起，

走去战阵头。……

我们得参战，

去这边，或那边，

向光明，或向黑暗，

不能再逡巡徘徊！

不用害怕，

时代的潮头已推涌起山的高峰，

决战的血钟响彻了大地的茫茫，

用真理和正义，

武装我们的意志吧！

不要停留，

上前或即是退后，

杀敌或即是杀友，

在这一小时内，

你也得决定，——

你也得决定，走！

一九二九，十二，十二。

（原载 1930 年 4 月 10 日《摩登青年》

第 1 卷第 2 期，署名殷夫。）

伟大的纪念日中

纵然，冷雨的飞沫翻腾，
在我们，这是血波的汹涌，
纵然，凄风的锐剑刺骨，
猛烈的火焰煽起在我们胸中。

不能忘，羊城的血旗飞展，
——明日变成了今日，
——现在代替未来；
虽然我们的血又和泪水泛滥，
虽然我们的骨又堆积高如山，
但这是我们永久的纪念日，
这是我们流血的礼拜！

没有血水的灌溉，
光明火种不会灿烂，
没有风雪的冬宵，
新春的温阳永难到来……
我们宣誓过：
我们永不悲悼，
我们记清这血的债数，
我们死也难忘掉！

真的，除非是海洋枯干，
除非是嵩岳的伟岩糜（糜）烂，
即是我们的骨骼磨成了沙沫，
我们边（也）永远要他们偿还！

164

现在，看呵！

雨点淋打我们的头脑，

恐怖的雷电威吓在天的高高，

打吧！无情的水点，

我们的愤火总永久在燃烧！

我们怕什么呢？

时间已到——

全地球划分成两个战壕，

枪实弹，剑儿出鞘，

这是最后决战的血周，

这是结算旧账的年头，

我们没有惧怕，

我们不肯逃跑，

只有向前，浴血，饮弹，咆哮，……

即使是天，

我们也有胆把它打倒！

一九二九，十二，十六。

（原载 1930 年 4 月 10 日《摩登青年》

第 1 卷第 2 期，署名殷夫。）

写给一个新时代的姑娘

姑娘，你很美丽，
但你不是玫瑰，
你也不是茉莉，
十年前的诗人，
一定要把你抛弃！

你怎末也难想到，
你会把你的鞋跟提得高高，
头发卷而又卷，
粉花拍而再拍，
再把白手裹进丝的手套。

你是一株健美的英雄树，
把腰儿挺得笔直，
把步儿跨得轻捷，
即使在群众的会场上，
你的声音没有一些羞涩。

姑娘，你的手为劳作磨得粗黑，
你的两颊为风霜吹得憔悴，
但你的笑声却更其清呢（脆），
你的眼珠也更加英伟，
你很配，姑娘，扯着大旗进前！

姑娘，你是新时代的战士！
姑娘，你是我们的同志。

我们来合你握握手吧，

我们来合你亲亲嘴吧！

最重要是，我们合你同作战，同生死！

一九二九，一二，二五。

（原载 1930 年 3 月 10 日《拓荒者》

第 1 卷第 3 期，署名殷夫。）

囚窗（回忆）

你，惨然地，沉默地，
我们透过只看见雪似的霜，雪似的霜，
何时，你映射着红日，
你这苍白的，死寂的窗，死寂的窗？

你幽然地睁视，
兀似地狱的眼睛，
你绿苍色的光，
钻痛着，扭扼着我们的灵魂。

我们要自由的呼吸，
你沉惨地沉默不语，
我们要光明的太阳，
你的黑暗，沉默，苍白充满了穹宇。

一九三○，一，十六。

（原载 1930 年 4 月 1 日《萌芽月刊》

第 1 卷第 4 期，署名白莽。）

前进吧，中国！

前进吧，中国，
目前的世界——
一面大的旌旗，
历史注定：
一个伟大的搴手；你
前进吧，中国！

一九三 [1]——的地球，
是新的圆体，
我们的时代，
是浸在狂涛里，
不一定是为了太平洋的叛乱，
不一定是为了乌拉尔的旌旗；
每个砂砾都叫喊你：
中国，前进，中国！

你是宇宙的次子，
复得乐园不在这时，
一切的罪恶，
都磨炼了你的意志，
一切的魔障，
都寄附在你身体，
你今日，听，
从波罗的到好望角，

---

[1] 疑有漏字，或表示 20 世纪 30 年代。

169

从苏伊士到孟买城，

从菲列宾[1]到南美州（洲），

都是声音：

中国，兴起！

你是第二次十字军的领首，

你是世界大旗的好攀手！

前进！中国！

一九三〇，一，十九。

（原载 1930 年 4 月 1 日《萌芽月刊》

第 1 卷第 4 期，署名白莽。）

---

[1] 菲列宾：菲律宾。

奴才的悲泪——献给胡适之先生

主人，你万主之主，
用火烧我的骨吧，
用铁炼我的皮吧，
我是你最忠诚，
最忠诚的奴才。

你残暴的高压，
已燃灼了叛乱的火焰，
你拙笨的手腕，
已暴破了你（苍）白的假脸，
你狂跐的步调
报道已走到坟墓前！

愿哟，天，
把你的眼光回转，
奴隶们只尚为欺骗，
革命的火焰，
只有用温水还得暂时敌对。

是的，忠言逆耳，
是的，良药苦口，
但你不能不相信，
即使火化了我的骨头，
我始终未二我的忠心！

主哟，万主的主，

死迫在我俩头顶，

只有，只有你把手段稍改变，

主奴俩还得一时逃成生，

"至少，至少"你要把粉搽搽脸！

一九三〇，一，一九

附白——中国没有过讽刺诗，这是我的试作，亦仿胡适先生的"尝试"之意，故以献胡先生。

（原载1930年4月11日《巴尔底山》第1卷第1号，署名白莽。）

五一歌

在今天，
我们要高举红旗，
在今天，
我们要准备战争！

怕什么，铁车坦克炮，
我们伟大的队伍是万里长城，
怕什么，杀头，枪毙，坐牢，
我们青年的热血永难流尽！

我们是动员了，
我们是准备了，
我们今天一定，一定要冲，冲，冲，
冲破那座资本主义的恶魔宫。
杀不完的是我们，
骗不了的是我们，
我们为解放自己的阶级，
我们冲锋陷阵，奋不顾身。

号炮响震天，
汽笛徒然催，
我们冲到街上去，
我们举行伟大的"五一"示威！
我们手牵着手，
我们肩并着肩，
我们过的是非人的生活，

唯有斗争才解得锁链，

把沉重的镣枷打在地上，

把卑鄙的欺骗扯得粉碎，

我们要用血用肉用铁斗争到底！

我们要把敌人杀得干净。

管他妈的帝国主义国民党，

管他妈的取消主义改组派，

豪绅军阀，半个也不剩，

不建立我们自己的政权，——

我们相信，我们相信，永难翻身！……

一九三〇，四，二五。

（原载 1930 年 5 月 1 日《列宁青年》第 2 卷第 12 期，署名莎菲。又载
1931 年 4 月 25 日《前哨》第 1 卷第 1 期，改署殷夫。）

巴尔底山^[1]的检阅

虽则，我们没有好的枪炮，

虽则，我们缺少锋利的宝刀，

还（这）有什么关系呢，

我们有的是热血，

我们有的是群众，

我们突击，杀人，浴血，

我们守的是大众的城堡。

同志们，

站近来吧，

整一整队伍，

点一点人数：

举起我们的拳头来，

检阅了，再开步。

看，我们砍了多少横肉的头？

看，我们屠了多少凶恶的狗？

我们的成绩；不够，不够！

野火烧红了地线，

喊声震撼了九天，

我们的口令："开步走！"

冲，冲，冲到战阵前头！

一九三〇，五，二。

（原载 1930 年 5 月 21 日《巴尔底山》第 1 卷第 5 号，署名白莽。）

---

[1] 巴尔底山：Partisan，游击队。

我们是青年的布尔塞维克

我们是青年的布尔塞维克，

一切——都是钢铁，

我们的头脑，

我们的言语，

我们的纪律！

我们生在革命的烽火里，

我们长在斗争的律动里，

我们是时代的儿子，

我们是群众的兄弟，

我们的摇篮上，

招展着十月革命的红旗。

我们的身旁是世界革命的血波，

我们的前面是世界共产主义。

我们是劳苦青年的先锋军，

我们的口号是"斗争！"

嘹亮，——我们的号筒，

高扬，——旗儿血红，

什么是我们的进行曲？

"少年先锋！"

伟大是我们的队伍，

无穷是我们的弟兄，

共产主义青年团，

新时代的主人翁。

我们是资产阶级的死仇敌，

我们是旧社会中的小暴徒，

我们要斗争，要破坏，

翻转旧世界，犁尖破土，

夺回劳动者的山，河！

我们要敲碎资本家的头颅；

踢破地主爷的胖肚，

你们悲泣吧，战栗吧！

我们要唱歌，要跳舞，

在你们的头顶上，

我们建筑起新都，

在你们的废墟上，

我们来造条大路，

共产主义的胜利，

在太阳的照耀处。

我们不怕死，

我们不悲泣，

我们要破坏，

我们要建设，

我们的旗帜鲜明：

斧头镰刀和血迹。

战斗的警钟响彻了天空，

是时候了，全世界无产青年快团结！

齐集在共产青年团的旗下，

曙光在前——

准备刺刀枪炮，袭击！

一九三〇，五卅纪念。

（原载 1930 年 6 月 20 日《列宁青年》6 月号第 2 期，

即第 2 卷第 15 期，署名莎菲。）

辑三

音乐会的晚上

四月五日

玛利今天去参加市政厅音乐会的服务团去了；我很难过，怎么早不生病，迟不生病，偏偏要在今天，俄罗斯妇女爱国团公开演奏的一天，我可爱的玛利亚要去那儿服务的一天，会生起病来呢？呵！天哪，你真太苦了我啦，看，我身旁躺着的是无边的，无边的沉默，霞飞路上除了电车的铃声，汽车的咆哮，什么也没有了！唉，这无边的沉默呵！我仿佛觉得我是躺在 Volga[1] 河边的高楼上，呵！那夜半的伏尔加河，温婉的浪语，轻微的四月的和风，多末使人可爱，使人振作幻想哟！……我记得那时正是少年有为，血气方刚的十六岁，还在贵族学院里念书，里面都是活动，游乐，愉快……我想将来大学毕业了，要做个御卫，那种辉耀的制服，鲜明的徽章，真够多末吸人，令人颠倒呀！……唉，不料……我说着心就会痛，怎么一刹那，那大好的江山会象桌子一般的翻转了面，那威凛显赫的罗曼诺夫皇家竟会象烟泡似的消散了，竟会一蹶不振，竟会把天下让那些下流的黑骨，卑污的毛脚，野兽一般的布尔塞维克统治了呢？……难道，唉，上帝是没有眼的，到现在二十世纪报应是消失了作用的吗？……唉，我想着就要流泪，可怜我的父亲和舅父呀，他们俩穿着皇家的制服，竟死在街上的暴乱里，象以前冬宫前面躺着狗尸似的工人一般地，难道他不是一个虔诚的正教徒，不是很和气的待人，难道他曾作过什么罪恶？自然他们两个都是在冬宫前下令开枪的将军，果然他们曾杀死了一千多的工农，但这不是为保护皇家的神圣，卫御祖国的安宁吗？难道这可算是罪恶而报以裂尸街头的处罚吗？……我是过于兴奋了，用着无神论的口气了，我们还是要信仰上帝，上帝是公平的，不久，不久的将来，我们是可以由各列强的帮忙转回旧日的故国去！我相信那时，我依然可以在伏尔加的楼上开夜宴，

---

[1] Volga：伏尔加河。

我和玛利亚要在啧啧称羡的声中尽情跳舞啦！

说起玛利亚，真是可怜，他[1]父亲现在竟会变得那末卑俗可厌了，我简直再不相信他以前是御前顾问，是那戴着博士帽进出皇宫的学者了，生活的压迫，世事的多变，把他的脑子会刺激到这般地步。他现在竟拚命的喝啤酒，象牛一般的喝，喝醉了便会象一个莫斯科小车夫般的唱起俗谣来，他开着商店，做得真象一个一毛不拔的小经纪似的，卑陋的向英国人法国人说谎话，讲虚价。难道他那贵族的精神是颓坏了，整个旧日俄罗斯的精神都变坏了？这真是天大的疑问呵！玛利亚现在也给他弄坏了，常常叫她操作，难道是一个二十岁青年小姐所能堪的？而且他还教她读高尔基的作品，这种农夫读的东西，怎么可以教她去读呢？为什他不给她读些普希金写给贵妇人的情诗，这才是俄国的国粹，俄国精神的花呵！……

现在已经是十一点了，怎么音乐会还没完吗？呵！我恨不能去那儿呵！那末伟大的元色旗，严肃的合唱队，唱出雄壮的国歌，那个会不挥泪，不遥思故乡呢？……呵！呵！恨不得飞到那边，去对国旗散抛我美丽的泪花呵！去看看我小鸟似的穿着绿衣的玛利亚，在可贵的俄罗斯面庞中走来走去卖着 Programme[2] 呵！我要吻着她的脚迹啦！这为祖国服务的玛利亚呀！……

我头痛了，必得休息一下，神经是过于兴奋了。

四月六日

多么的苦痛呵！玛利亚真被他父亲给他的托尔斯泰，高尔基教坏了！昨晚，她回时，竟兴奋到不可相信的程度。那时候已经二点多钟，她竟不肯去睡，一定要在我床前坐下，说她在音乐会中的经过。说什么俄罗斯的国歌变调了，说什么俄国的贵族精神灭亡了。她说在音乐会中，没有一个是穿夜礼服的，一起都是便衣便帽，同莫斯科下等商人一般的；会场没有严肃的空气，只有下流的叫闹，丑态百出的男女调情，无礼的怪叫拍手；甚至有些向她取笑的青年，做（叫）她"绿衣的女郎""小绿叶雀""金丝鸟"……

---

[1] 此处应为"她"，文中"他""她"有混用。

[2] Programme：节目单。

她还说，她遇到了一个中国的青年，"一个完全的平民"，她那末说。

她将她的故事完全告诉了我，说在这许俄国人的斯拉夫面孔丛中，最初她发现了一个蒙古种的黄脸是很引她注意的；她想"他大概不懂英文吧，所以他看差了市政厅布告，以为今天也是普通的演奏，也买了票进来，并且他穿得那样单薄的长衫，许是很穷的，却又坐在头等厢内，这是什么缘故呢？……"她那思考着一面想着，越想越有些奇，越想越觉得有趣，于是她故意地在他面前走，一次一次地，她看他的脸孔！这是很吸人的，一对黑色的眼光，很灼灼地迫人，她经过了几次，觉得有试一试他的必要，她于是走近了去：

"你要 Programme 看看吗？"她用英文说了。

"谢谢，这多少钱一份呢？"这使她大吃一惊，他竟用很流利的英文回答起来；这英文里含着强硬的重音。

"二角。"她说，他们的眼光互相看着了。

"不要。"他平静地说。于是她只好走过去，但她觉到他是看着她，感到一阵紧张的难受时间过往了，林登托夫奏了他们的幻想 Sonata[1] 之后，群众飞舞了一阵下流的采声；电灯亮了，是休息的时候了。她为刚才的一次事情激动着，很不安地在跑来跑去，但那时，观众都走下座来散步，所以她老是给人家拦阻着，不得已，又避入那刚才中国青年坐的厢里去，他是坐着；一见她来，他立起来说：

"Miss[2]，坐吗？"

"你们中国青年对女子是用这样的态度吗？"

"许是的，但在中国，青年男女交际不多。"

"你是学生吗？"

"是，是 W 大学学生。"

"你喜欢音乐吗？"

"不，不。"

"怎么你来听我们的演奏呢？"

"那玩玩而已，我们中国的学生，有的很舒意，有的很穷；我到此地还是第一次。"

---

[1] Sonata：奏鸣曲。

[2] Miss：小姐。

"你爱俄国歌吗？"

"我不懂俄文。"

"你爱俄国吗？"

"很爱。"

"你爱俄国人吗？"

"是。"

"我那样问你，太不客气，很抱歉！"

"不要紧。我很愿与俄国人结朋友。"

"你？"

"是。"

"你听过俄国的歌吗？"

"没有，除了《伏尔加船夫曲》之外，这我是在电影场听来的。"

"呵！伏——尔——加——船——夫——曲——那个歌！"

"唔，很感动我。"

"哦——"光线黑了。

"…………"

"哦，我愿意你能来看看我们，我家住在霞飞路863号。再见！"

"再见！"

就是这样乏味的故事，她却提高着嗓子，象小雀儿般喈喈的告诉我，使我真好难过。我神经衰弱的症本来已经很深，经昨夜的一度兴奋，今天更显得疲惫，什么事情都懒得做，懒得想，但是她昨夜最后的一席话，却总牢牢地贴着我的脑幕，不能减去：

"安得列维支，我们现在将有一个'平民的'中国友人了！本来，我们，爸，你和我三个都住得异常厌倦，一个异国的友人，是很足给我们换换空气的！"

为什么她要特地指出"平民的"之字呢？还是她受了一批坏小说家的影响，而倾向于下流了呢，还是她想这"平民的"的支那人来做开胃的药料呢？

玛利亚呀！你神秘的夜莺呀！你是要爱着我哟！故国的命运和你的爱是我生命的支柱，现在，根是空虚了，你又要读这些坏作家的东西，这不是对我公开的弃绝吗？上帝，愿你帮助她清醒呵！

四月九日

　　几天没有记日记，心里很觉不爽快，拉莫支医生的话怕不见得那末真确，我一给他止住不许做日记，心里岂不反而觉得骚乱了吗？这原因我是知道的，第一，如格来哥里骂我的一般，的确是因为我太闲的缘故，我想若在以前的俄国，象我这末一个二十八岁的青年，正是过着最忙碌的生活的。不消说，我一定可在御卫队中供职，在十点钟起来的时候，我便吃咖啡，吃点心，看看报纸上的爱情小品，然后是坐汽车去皇宫转一转，那儿当然等候着宴会的贴子罗，看戏的邀函罗！那儿可以和几个同事叽叽咕咕谈了一阵什么夫人，什么太太等等的话，可以乱骂一会仆人，尤其是叫擦靴的人把我的靴特别地擦得发光……于是吃饭了，于是又睡午觉；醒来时，可吃苏打水，再吃些点心，可以打电话问晚宴的事情，时光很容易过去，天色渐渐地晚了，于是忙着梳洗，穿宴礼服，刷靴子……于是出去了，又是宴饮，大家都是军官，贵族，夫人，太太，大家都牛一般的喝，猪一般的吃，吃了象羊儿求春似的跳舞，提琴，披亚娜的声音嘈杂地杂奏起来；象哭诉似的……然后是戏场、歌剧，或者是什么描写某某大王的恋爱戏文……这样，两点钟时，回家，睡觉……这是我自己的一些幻想，可怜我刚从大学里出来，预备展开这个梦的画布来时，革命起来了，克伦斯基政府还好，一到了布尔塞维克凶神一到，便万事皆休了！白军被击破了，我们只落得做一个上海的寓公，我，安得列夫系，世代将军，现在却寄居于人，还受这位堕落的顾问的讪笑，说什么"在中国的租界也别再摆贵族架子了"啦，什么"二十八岁的青年人闲得连神经都点病了"啦！真也淘气呵！

　　但我现在只有一点儿光明，那是，那是玛利亚的爱了，我一等过了这个圣诞节，是要和她结婚了，那时我唯一的安慰，就只这一点了！愿时光过去呀！我要抓住这个玛利亚，抓住玛利亚，这是我生命的纤线呵！

　　呵，偷写得太多了，给拉莫支老头知道，又要闹气啦！

　　但是玛利亚这几天为什么会变得异样了呢？她也不读小说了，却时常跑出店堂去，难道她爸不会照顾客人吗？要她那末孝顺吗？难道看看马路上走着的人儿昂然阔步的神气，能不禁慨然流涕吗？我真不明白她呀！

　　而且她近来也不再常给我来说笑了，也不叫我"安得尼"或"爱里"，而老是用单调又沉重的语气叫我"安得列维支"！

老天呀，这是什么缘故呢？

四月十四日

呵唷！那个换换空气的中国朋友，毕竟来拜访过我们了。这次是我第一会同中国人的接触，并且在这次事件中我觉我过往的疑和恶梦都解除了。因此我不能不一破拉莫支的戒，把他的来访，记一下子。

他是一个矮小的中国青年，几乎还没有玛利亚高，据他自己说，他是二十二岁了。

他有一个平常的红黄夹杂的面孔，布着很多雀斑，嘴常张着，牙齿倒还清洁；他来时穿着一件旧的褪色的西装，不合身又不合时，显然是从旧货摊上淘了来的，灰色的软领下，打了一个歪的领结，看去很象俄国一个刚刚进城的乡下人，很有可笑的地方，或照玛利亚的成语说"很足换换空气！"。他全身若一定要拣出一些可取的地方，那是他的眼睛和头发，这是黑色的，严肃的，吸人的，最重要还是反抗的，刺人的。

我不大赞成玛利亚父女他们的态度，他们对他真像一件宝货似的接待他，请他吃饭，请他坐。我只冷淡地给他握一握手，也就罢了，我自信我还不会失却贵族的自尊的态度。

"叫我 C 君吧，你们。"他说。很坦然的。

"可不是姓张吗？"她问。

"没关系，只叫 C 君好了。"

她和格来哥里和他谈得很好，他问了许多关于俄国的问题，很愚蠢的，他只都问着俄国以前的工人生活怎样，农民情况怎样？这会，这位学者可难住了，他以前只会进出皇宫，在沙皇的面（前）炫耀博学，到上海只会喝啤酒，讲虚价，但给一位"平民的沙皇"一问他呆着了，他搔着他的红头发不好意思似的说：

"这……这……实在不知道呢！"

"那末现在呢？"

"现在怕更坏了！现在……"

"那里！"他大声的说，"现在是工农们在管理国家了，他们的生活都比以前要好，所苦的只有贵族，地主，和资本家！"

"哈，"玛利亚笑着说，"你也是布尔塞（维）克吗？"

"不，不，我也不确切知道，只是那末想罢了！"

"现在是，"我说，"现在是一切都非常糟呢！ C君，你知道布尔塞维克是野兽一般地凶猛，它在把俄罗斯的人民和土地都吞食了，从这恐怖的土地传来的消息，只有杀戮和饥荒。"

"但人民为什不反抗呢？"

"没有能力呀！"

"没有能力？你所说的一方面，当然是沙皇了，那末他不是有很多，很多的兵吗？"

"……"我迟疑了，没有回答他。这其实也很容易回答，那些兵也都是坏蛋罗！他们都变成了布尔塞维克呢！不是吗？可是我感到侮辱了，这真是第一次，我看见玛利亚用眼光看我，我更显得难过，岂不是她当我是失败了吗？不，我怎么会失败呢，决不会的！虽然，我刚才毁谤布尔塞维克的话是同格来哥里讲的价钱一样，但我却确信，布尔塞维克是凶暴，是野兽，是我们永久的敌人！只要看我的父亲，不也是无辜地被治死了吗？所以我不愿再辩下去，我很狂怒的立了起来说：

"C君，恕我！"

我就退入我的房间里去了。自然他们并没有什么影响，那个赤色的学生的强硬重音老是在耳鼓上击撞；不过我知道，他们现在是在谈文学，那个人也推崇高尔基，那个流氓作家，但同时又批评他的不彻底，他的个人主义的色彩！真是一位怪物呵！我恨极了，碰的把门儿关上，于是声音渐渐远了。我才感觉我周身包围着的沉默，我仿佛觉得什么都自我远离了，故国，爱情，生命，都远远地，远远地飞开去了，只有自己一个人沉在沉默，冷静的深渊里！我恐怖地悲愁地战栗了。

"答！答！"门响了。

"进来！"我说。

玛利亚笑着走了进来，随手又关上了门，小心翼翼地对我说：

"安得尼，别生气罗！你又何必给一个刚才认识的外国人争短长呢？他是中国人，自然对于俄罗斯，对于我们是不了解的。"

她说，爸爸已经从 Voronvsky 馆子叫了一桌体面的菜来，现在请我到食室里去。

"他是一个布党，完全一个布党！"

"布党也吧，我们好在是住在外国呀！"她拿住我的手，热气从她流了过来，我开始和解了，就答应走下楼去。

食事已经预备好了。大家便坐了下来，他和格来哥里坐在并排，我呢，我挨着玛利（亚）坐。他看我一眼，刺人的一眼，但我也还他一眼；他便不再看我了。他和格来哥里谈着生活的事情似乎很能相投：

"你这店不用人吗？"他问。

"自己人勉强还可维持，用人就困难了。"

"难道，这样一家店只够维持生活吗？"

"只够，只够！"

他们就只谈些这种无聊的话。

后来我听他问：

"这位青年先生是令郎吗？"

"不的，我小女的未婚夫。"

我和他又交了一次眼光。

餐终于用完了，那青年从袋里掏出一块手巾来揩嘴，随后又落下一片纸来，他郑重地把它拾起，把上面的中国文看了一看：

"我得告辞了！"

"这样匆忙？"玛利亚问。

"有事。"

"吃了咖啡呀！"

"不，来不及了！"

他竟自出去了，我们三个都呆呆的站，互相询问的看着，最后还是我说：

"一个赤党。"

"不要随口伤人，安得列维支，他是一个很实际的青年啦！"这话是自然，格来哥里拿来嘲笑我的。

"你自然看中了他哩！"我恶声地说。

"好，别发气呀，我还得再吃些酒。"他走开了。

…………

把这事情记了那末许多，真也无聊呵！不过"小女的未婚夫"五字[1]多末

---

[1] 应为六字。

温柔，多末含着希望的酊酪呀！我再祈祷吧！圣诞节快来，圣诞快来！……（此处有墨迹斑斓，大概这神经衰弱的贵族，乐得发抖了。——译者）

四月十九日

又是紧紧被闭了五日！在这五日里，我开始思想了；虽然说我神经衰弱的症候，依然未退，然而我却感觉到我二十八年的生命中，没有一个阶段是有象这五天以内用着病脑思考出一个结论时那末感到沉痛，深刻，真切的了！我以前只会幻想怎样不可能的幸福和享乐；我以前只会坐在霞飞路的楼头遥忆着故国的 Volga，玄想着黑色的呻吟着的微波，朦胧的灯影，渺茫的夜莺！但这儿，我已充分觉到一个人，最悲痛的境况，是不在于失了压着胸口的热情的胸脯，灼人欲醉的香唇，带着丁香花味的秀发；不在于告别了清秀典丽的故乡，踏上了荆棘当道，伸手不能见指般黑暗的前途；也不在贫困颠倒，也不在穷途落拓！而是在于被人视作空虚，无为的东西呵！那样的人正是现在的我，格来哥里说完了："二十八岁的青年把神经都闲散的坏了！"这是很对的话，他岂在讽刺我？他没有恶意，他是在鼓励我呵！我以后要振作，要努力的振作，难道以上海，以及散落各方的我们的同胞，联合起来竟不能为残破的祖国，作一次最后的光荣的挣扎吗？难道我们从幼就沐着皇家的恩典的，从小就给皇家豢养的，从小就惯于踏在人家头上跳舞的我们竟不能作一些的报答，作一些我们天赋优性的表扬吗？是的！安得列夫！你正是要担任这巨责的人，是你该领导同胞杀回莫斯科去，是你该把从前升平光荣的俄国重建起来，是你该作一个舍身勤皇的，效忠故主的英雄呵！

格来哥里和玛利亚都没有差，他的骂我，她的近来的冷淡我，都是，因为我，我太没有作为，太无血气了呵！

呵！格来哥里，和玛利亚，你们不是天天在心里在焦煎着去看你们的故乡吗？去亲亲你们所从生出的母亲——俄罗斯大地吗？去看看你们宏丽的彼得堡，繁华的莫斯科吗？去见西伯利亚的积雪，高加索的回山峻岭，乌拉尔岭的高崇姿态吗？好的，只要你们爱着这故国，爱着这故乡，你们的愿是能偿到的，是能偿到的。因为我，你们的爱者，已然觉醒了，已然知道自己的责任了，已经决意要起来，要杀回莫斯科去，要扑灭布尔塞维克去！

呵！我的病好了！我的病好了！……

四月二十日

我的身体毕竟还很柔弱，昨夜写了日记，兴奋过度，竟又昏了过去。

今晨玛利亚来我房中闲谈，我立刻给她看我的日记，她没有说话，粉红的红晕，从她颊上退去，显得和死一般的苍白，她的嘴唇抖索着，含泪说：

"安得尼哟！别妄想了，这是于你病体有害的，你的希望是空虚的，虚渺同一个梦一般的！但尼根，不是比你更勇敢吗？但他也打败，上帝应该比我们更有智慧，但他沉默着；或许真理是不在我们一边呢？或许俄国除了皇家，贵族，地主，资本家之外别无什么人在受苦呢？那我怎么说法呢？"

"玛利亚，那末毒的思想竟钻在你的心里了吗？那样神圣的真理，你也竟怀疑了吗？上帝任命了皇帝，难道这是我们所该否认的吗？那天的一个中国流氓，你竟信了他的话吗？我告诉你，神圣的俄罗斯，是在毁灭着，唯一的救他是我们流居的同胞了！玛利亚，你不爱俄罗斯了吗？你不爱我了吗？"

"你安静些呵！我的安得列维支，我爱俄罗斯，我夜夜都梦见彼得堡，但在我梦中的彼得堡，总飘着红旗，我怎样不能想象它再插一支三色旗上去，觉得这是太不鲜明了！……但是安列尼，你莫生气，我爱你，你在上海，我觉得还是在此永久继续着做商人好了！"

"……"我昏倒了！

我的玛利亚，她的话就是这样，唉，叫我怎样呢？她是不爱着我了，她的心已经给魔鬼变动了！但我，神圣俄罗斯的后裔呀！振作吧，我要去找洛维埃夫去！

下　午

洛维埃夫说的不错，我们在上海应该召集一个会议，我知道单在霞飞路上就住着很多的过去的军官，我们的计划是应该召集他们讨论的——

什么！那个不成样的中国青年又来过了！偏偏我不在的时候他来了！

"坐了五分钟！"玛利亚说，但谁又知道呢？格来哥里是醉着。

"那流氓讲些什么呢？"

"安得尼，你也应较为有礼貌些呀，近来疯疯癫癫的，病是更深了吗？"

"好了，谢谢！"我拿了她的手轻轻的接了一吻说，"我们对这种流氓，赤党是不讲礼貌的！"

"不，你……他也是一个绅士！"

"哼！他，什么绅士呢！我请你告诉我他说了些什么？"

"他问我们几时结婚，他也来吃酒啦！"

"他——这样说么？"我为喜悦所软了！呵！说起结婚，这是多末的醉人呵！我同可爱的玛利亚结婚了！这是何等的幸福！然而玛利亚不是不爱我了吗？这只是我的幻想吗？还是真实呢？我又不是要给祖国去战吗？说不定在圣诞前就要到哈尔滨去，又怎样能结婚呢？……上帝呵！天呵！我又陷入痛苦了！我抓住玛利亚呢？还是抓住俄罗斯呢？并且，玛利亚爱我呢？还是不爱我呢？呵！这个痛苦！这个痛苦！我的血的沸腾又降低了，我呼吸的速度又激增，我的头又昏迷旋转了，我的手软瘫得不能写字了！……

四月二十二日

唉，可怕的人生哪！我昨天足足昏迷了一天，矛盾和焦躁会磨难我到这般地步，我觉得我又失去了，失去在失望的沙漠上，失去在黑暗的森林里……

那 C 君又来了，他拿一本中文书，面上画着胡七八糟的画，我不大看得懂呢？他问玛利亚说：

"你想回故国吗？"

"怎么不？十年了呀，先生。"

"那末回去罗！哈！哈！"

"……"玛利亚低着头！

"你怎么会愿意交俄国朋友呢？"格来哥里问。

"那是，我什么国人都愿交，只要是人，光明，正大，真实！"

"你对于我们的印象怎样？"玛利亚问。

"很好！"

"你们大学现在不上课吗？"（这时是十点）

"……唔……我逃出来的……"

"你……逃？可以的吗？……你怎么总是匆匆忙忙的呢？"

"呃！是，可以逃，教员简直不管呢！"

"……"沉默暂时支配了全室。

"你，Miss 玛利亚娜，这天我给你讲的话，你有想好吗？"他问。

"……"她低下头去，我用怀疑的眼光看她的头部，她已经红晕了。

"好，我要走了。"他穿着的是灰色的长袍，他撩一撩起，看看表说，他穿着蓝色的布裤。

"呵——C君！——你停一停——"玛利亚恐怖地看看周围，"爸，安得尼，你们准我同C君一同走去会散步吗？"

"可以，可以。"格来哥里点头说。

"慢慢，C君，我同你们一道去。"我说了。

我们走了出去，我们和他并道而走，玛利亚沉思地，难堪地跟在后面。

"C君，你懂得决斗吗？"

"呵唷，安得尼，你说什么呀！"她惊恐张开臂，追了上来喊道。

"我说决斗，决斗，决斗！"我用俄文说了。

"呵！"她流泪了。"我们回去吧！回去吧！C君，请原谅，再见了！"

"再见了！"他很快的走过街去，我们便回来了。

四月二十三日

昨天，我真后悔，为什么竟那样的狭小呢？玛利亚吓得生病了，她回来时大哭了一场，但她不知道，我当时的心情，贵族的心情是怎末受了侮辱呀？

决斗！这我一些也没有说差，这就是俄罗斯贵族的便饭，我是不受侮辱的，任可以死也不愿给一个外国流氓欺辱去的！玛利亚，她病了，格来哥里铁青着脸，这两人难道都在恨我吗？或许的，但我要去造个旧日的光明灿烂的俄国给他们，看他们还恨我不？

四月二十四日

我现在是真的要死了，一切一切的希望都毁了！一切一切的幻想都破了！唉！我的上帝，我的天哪！多末的磨难呵！

今天我们在P路正教堂开了会，唉，天呀！真正爱国的人就只有四五十个人吗？只到四五十个人！我记得很清楚。只到了四十七个人呀，天哪！

我把我的提议公布了，我用了我全生命的力灌注在这演说上，我说了我们皇家的伟功勋业，我说了我们皇族和贵族是怎样的独厚得之于天，怎样应该承上帝的命令去统治世界！又说布尔塞维克怎样的惨酷残暴，我们先前受恩皇家的人应该怎样与之作战，为最后的报答，最后的勤王！我记得，我的拳头是何等热烈地挥动，我的眼睛是怎样射出闪烁的火光……但这热情，这火光，却遇到了冰，冰，冰！一切一切的周围，都是冰，唉，我是真要完了吗？俄罗斯是永久布尔塞维克的了吗？

"先生们！"一个老头儿说，"这位青年讲的话是好的；但是我们现在连面包都没有了，连滋养血和肉的东西都没有了！我们还能做什么呢？还能做什么呢？"

"但，我们要奋斗，奋斗！"我高呼道。

"奋斗！奋斗！"洛埃维夫和着叫。

"奋斗，"老头继续着说，"谁不会说，可是要杀布尔塞维克，奋斗两字是不够的！"

"你是奸细吗？"我发火地问，"你是亡国奴吗？你是神圣俄罗斯的毁坏者吗？"

"年青的先生，不要这样。"老者坚定地说，"我是爱国者，不是亡国奴，是你同胞，不是奸细，是俄罗斯的救护者，不是毁坏者；但我却比你更知道，做些空虚的冒险的狂叫是不够的；违逆了天运是不对的。……你们，同胞们，对于这年青先生的提议，请付表决好了！"

没有一只手，没有一只手！连洛埃维夫都没有举……

于是我昏倒了……

现在我在床上，我的病将继续的加深，我的死期是到了。玛利亚的病也还没有好，但她是会好的，我相信，只有我是不行，生命的两个支柱都倒下了！上帝呀！收我去吧！

四月二十九日

我在病中，知道那 C 君来过几趟，他似乎没有注意到我的不在。可是玛利亚有一次却对他说了，我听得很清楚，他狂暴的笑了！要是我病痊愈了，我一定要杀他，要杀他！

…………

五月一日

格来哥里今早来对我说玛利亚失踪了，留下一封遗书。

这还说什么，我早已料到，她是要离我而去的，我呢，今晚也决定了！

（日记中夹着一张字迹草乱，划着许多爪痕的信笺。）

爸爸和我的"未婚夫"！

今天是五月一日，这是劳动节，我遐想到莫斯科，彼——列宁城是有多末闹盛的示威游行呀！这种话要伤害你了，但我爱着讲呢！爸爸，我很小的时候，就给你带到了上海，度着异乡的生活！但我们幼小的脑里，却深印故园的美景，这一种企慕和憧憬一天一天的长大起来，象燎原的星火一般地扩大扩大！真到了我现在的时候，真是忍无可忍了！你们狠狠地诅咒所谓布党，所谓兽类，说他们怎样的残暴，怎样的酷辣，我因为没有亲见也无从证确！只是我慕故乡的心，日见迫切，任何时都想冒险一行，安得尼说要带我去，我起初是确信着，但是我年纪长大了，而故乡却日日地离开去了！

中国青年的C君，现在我知道也是布党，可见布党是并不十分残暴的，他不但解说了布尔塞维克革命的真意义，而且直指出我们的痛苦就是积世怨恨的报复啦！他说只要我们能不破坏革命，能不想把沙皇的制度重架起来，布尔塞维克是欢迎我们的，这我相信，也并不完全相信，待我到那里之后再给你们一个报告吧！我现在给你们告别，不过是暂时的，我要向故乡去，我往俄国去吸新的空气，经验新的经验！我不去做小姐，我却想去做女工！

爸，安得尼，恕了我吧！

玛。

（这是我在马路上拾到的一本簿子，这时我在学习俄文，就用了字典把它译成中文。不过里面也有一个逻辑，也有一个意志或可看看！）

一九二九，四，廿四。一日写完。

（原载 1929 年 12 月 15 日《新流月报》第 4 期，署名徐任夫。）

King Coal[1]——流浪笔记之一

"呃，"朋友S君突然截住我的话，说，"你以为一个有知识的人，贫穷对他是比较的没有痛苦吗？"

"是的。"

"那我不能赞同！"他显得异常兴奋的样子，"那我可不能赞同！你不信，只要看看我的故事吧！"

他于是停一停，便说下去了。

"那已经是前个月的事情了，我当时还住在唐家湾附近的K君家里，当然那时的情形同现在是没有一些不同，生活是十二分的不安定；这种我可不必向你说，你是明白地知道的，而且我当时虽然每日趿着漏了底的破鞋，整天的东跑西走，混着饭或讨些钱度日，而精神也没有多大的痛苦，我的神经是陷于麻木状态了的。

"有一天，我在很早的清晨，跑去看同乡T，他是一个医生，专门治花柳啦，白浊啦等等性病的，生意很好，生活自然也很阔绰。我因为从前同他同过学，所以这天我就大胆的跑去，想至少一次饭总能够揩油来的。

"走到他那儿，他还睡着，做得同真正的上海人一样；我的来访，自然给他许多不舒服罗，不过，他不好意思说出来，也就勉勉强强爬了起来：

"'S君，你现在在哪个学校读书呀？'

"这把我难住了。我想：是回答他不在读书好呢？还是骗骗他说在某校读书好呢？说我在流浪，把我苦况告诉他，他或许会同情，会设法，会帮助吧？但是，倘若他也和一般人一样的缺乏同情呢？倘若他只把假装的苦笑来敷衍我的门面呢？要是他做出一副绝对的冷漠的态度，叫我不好再留，甚至不好再来呢？那又怎么办呢？

"我心里多末难过呵！我的脸涨得很热，我若能看见，那一定是紫色的了。我觉得我的嘴在喃喃着，但鬼也没有知道我是在说什么。

---

[1] *King Coal*：《石炭王》一部描写美国工人生活的长篇小说。

"'那儿？'他又问。

"'我……我不在读书，'我终于大着胆说了，'我现在是寄居在一位朋友那里，他也一般的穷，失着业。'

"他毕竟是我的同乡，还不是透底透面的上海人，所以我的话，马上使他同情心发起作用来，他现出并不虚假的脸相，很怜悯似的给我谈关于生活上的问题，问我这样那样，并且说他能够尽量帮助我……我这时是多末在一种激动状态之下呢。我自从同家庭发生了冲突，开始漂泊的生活以来，我所遇到的一切人，都没有这样和爱，同情的脸，站在他那末同排的人都装着冷笑，不关心的样子，同我站在同等地位的人又都是穷光蛋，生活使他们刚强，暴躁起来，差不多没有一个是有好脾气的。这些，你都有些知道的，也无用我来多说……但，这时，一个和悦，慈悲，同情的脸突然在我眼前显现了！这个突然的，出乎意外的发现，却给我莫大的威吓和惊疑！在先，我去找什么走了运的友人同乡时，我是怀着愤恨和厌恶的，我公开的或暗示的去揩油他的饭和钱，我都以为这是应该的，这是他们对我的义务，我之对他们，是用仇敌般的眼光，仿佛说：你，有钱呀！给些我罗！难道你不应该给我吗？你的钱还不是向别人揩油来的吗？……在这样时，我的心是同专在作战的兵士的心一样的，非常安定，并且陷在一种蒙昧的愉快里……但 T 君却显得同情我，脸上充满着诚意和怜悯，这对我和骤然在逍遥玄想时突然听见怒吼的汽车喇叭一样的可怕，心突突的跳了起来，脸热热的，一种久久在意识下压着的情绪，浮动起来，一直升上，迫着心的壁膜扣打起来了，这是多末痛呵！……

"后来，报纸来了，我们就读读报纸，不消说，这于我是无意味，所谓革命的战争罗，统一的战争罗，于我有什么关系呢？我始终是在一种痛苦的激动中呵！

"'S 君，我看你最重要还是找个职业咯！'

"'那自然，但哪里有呢？'

"'你看，哪，'他指《申报》的分类广告栏给我，'这里有许多聘请的广告，你不妨去试一试看呀！'

"于是我看了，那是聘请小学教员和各种职员的广告，我看见有一个是闸北的一个小学校登的，说要请个教小学五六年级的英国算教员，其余的都是要女的，我便决心想去试一试这一个看。

"'但我连车费都没有呢！'我苦笑着说。

"结果，他给了我三元钱，说除了车钱之外，余的还可以维持生活，直等到这事情成就了为止。

"三元钱！半年多没有捻过三张以上的钞票了，呵，这是天鹅绒一般温柔呀！怎样用呢？我移脚向四马路去了。二月不到的四马路，改了不少的样子，造了不少的新屋，而最吸（引）人的是添了不少新书！那些有着五颜六色封面的新书，如一个一个妖装的妓女，都会向你装出一副鲜艳献媚的样儿，使你不得不在她面前徘徊！

"'生活！生活！'我心底有声音在叫，所以我压制着欲望从 C 书馆，荡到 K 书店，M 书店，但是一到了 L 书店的门口时，一个广告吸引了我：

"'《石炭王》'！'什么生活生活的声音也压制不住了，我终于花了一元三角钱买了一本！出来之后，我又到 P 书店转了一转，就一直搭车到闸北去接治职业去了。

"在车上，我是那末开心，我象在一种完全新的，过去所不认识的环境中了，对于外界的憎恶，逐渐在心中消去，我偶尔看看一丛丛的房子，这在过去，我是当作一排排的牙齿，等着吃人的，但这时，我仿佛觉得，我已然是走进上海了，上海是容受了我啦！一丛（丛）的房子，不是牙齿，却是一棵生着果子的树梗了，在我眼前展开的是一种从来未有的青绿的原野呢。我真轻快，我怀着感激和欢乐的情绪达到我的目的地。

"下了车，还须经过一个忙碌的街，在一家工厂的门口有一面旗子写着'招工'两字，下面拥挤着一群男男女女的工人，嘴里骂着嚷着，褴褛的衣服，和污浊的脸面，表示他们是失过业了。有的是乡下刚来的孩子，一面挤着，一面还惊疑似的看着一切，但在他眼里，终究也射着和我同样的感激的欢欣的光，这在另外一些人是没有的……

"'我也去找职业呀，'我微笑着，心里这样说。

"在学校的办事处，等着两三个人，虽然他们都穿得比我整齐，发修得比较漂亮，但他们眼里有一种恐怖和不安的神情，这提醒了我，我也不安起来了！一个问题是：

"'我会落选吗？'

"终于见了教务长，他叫我填一张表，说三天后无论中否都一定有回信的。我就很坦然走出来。路上依然看见那拥挤的人群，我更微笑着，'我是

没有那末推挤着。'

"那天晚上，钱是剩得一元了，但我很开心，三天后不是有职业了吗？我买了两个面包，一包花生米，两支洋烛，预备开读《石炭王》了。但是看到了一百七十页左右的时候，错版发现了，足足缺了二十几面。我恨恨地把书一掼，就睡了。睡得很好。

"日子一天一天的过去，眼看第三日是过去了，信是没有，然而我还没有失望，因为我身边还有六角钱，很可以去跑一趟，并且我想《石炭王》还可以向书局去掉换，这两件事都使我快乐。

"第四天，我又跑到那学校去，时间是很早，在那忙碌的街上，我看见好几个熟悉的脸，提着饭篮，从这家先前招工的厂口出来。

"我到学校的时候，教务长还没有来，这自然是上海的普通现象，我也并不奇怪。好容易他来了，带着惺忪不快的样子。

"'先生，我的，教员的事情怎样了？'

"'唔，我们教员请定了！'他漠然地说。

"'那末不是我吗？'

"'不是！'

"'怎么不来信呀？'

"'你是来应征过的吗？……不过我们不录（取）是不复的！'

"'怎么你以前说无论录否都要复呢？'

"'不，'他不耐烦地说。'我们不会那末说的！'

"'你亲口说的。'

"'那是你听错了！'他大声的说了，预备退下桌上去写字去了。但我却完全激怒了——

"'我问你，先生，'我颤声的说，'你们那末叫人来填张表，凭什么来录取呢？你知道我怎样不合格呢？你怎么知道我是一个大学读过书的人呢？……'

"'不要那么啦！录取不录取是我们的自由！……'他也发火了，'随你大学生不大学生，去教中学生吧，看看你这样子……'他喃喃的说了一摊，回头就走了。

"这时的我，朋友，愤怒的火焰象怒涛般的澎湃起来，我恨不得有一把刀，或一支手枪呀。否则我一定要使这学校被血涌没了，这屋子被烧了，全

197

个上海毁灭，地球爆裂了呵！可是呀，我发现我孤独地坐在冷漠的教务室，这不属于我的屋子里，早晨的空气，带着凉意侵入窗来，操场上有一两个孩子在喧嚷着……周遭是何等冷漠的讥嘲，无限的侮辱呀……

"'看看你这样子……'针一般的刺着我，我走出了学校，失望地悲哀地。我又经过响着机器的噪音的工厂。

"'掉换《石炭王》去呵！'这是我唯一的慰安了，我仿佛想到一句成语：'书中自有黄金屋。'得了，我要往书中去找安慰呵！袋里还有四毛钱，我搭了车又向四马路来。

"'掉一本是可以的。但现在这已经重版，并且加价了。你得加二角大洋。'一个穿藏青哔叽长袍的伙计这么说。

"争辩没有用，我只得付了二角大洋。

"'包一包好吗？'

"'这马马虎虎！拿去好了啦！'他轻蔑地用手一摇。

"鬼使我踏进 P 书局去，许多新书和杂志引诱着我。我正在翻一本 *Torrent*[1] 杂志的时候，我抬头在镜上看见我自己的样子了，头发、胡须两个月不曾剪修，真弄得象刚才出狱的犯人一般了。我不禁脸难受的红起来。

"'……'一种私语的声音。

"'你，你那本《石炭王》……'一位中年的伙计刁滑地问我。

"'怎样？'

"'怎么不包呢？我们那儿也有卖的呵！'

"'这是我掉错版掉来的！难道刚才我进来时，你们不曾看见么？……'我的脸更红了。

"'唔！唔！'不信的笑声中，我走到街头。

"四马路一般地烦扰，我发怒了。

"'嘶！'的一声，我把《石炭王》扯了，一页一页地分飞开来，我大声的叫着：

"'去吧！去吧！你印在纸上的黑字，造孽的东西，我要毁灭你！没有你，我不会到上海来，没有你，我不会同家庭冲突，没有你，我不会受教务长的欺辱，没有你，我不会在工厂门前踌躇，而挨着饥饿！没有你，我不会把钱

---

[1] *Torrent*：《奔流》月刊。

花了，还要受嫌疑！去吧！去吧！我要毁灭你！……'

"纸片飞舞着，群众围住我。

"'看看那个样子呵！……'一个声音浮荡着。"

一九二九年。

（原载 1930 年 1 月 1 日《萌芽月刊》第 1 卷第 1 期，署名白莽。）

监房的一夜

我被带进这地上的地狱以来，第八个晚上又忽然降临了。一点灰白色的天光，一些一些的减薄下去，和摆在热气中的一块冰，和没有油的一盏灯一般地慢慢地消灭了。于是灰色的栅木的前面，本来是紧紧地站着一堵高墙，使人连呼吸都不得不短促的，现在也渐渐（自然是似乎的）地扩大开来，苍霭的暮色，把那惨青着脸的，满着瘢痕的高墙也变成了一面无边的海洋，使人冥想出神起来了⋯⋯

不过这舒服是很短的，不久一盏十六支光的电灯亮了起来，狭小的存在又突然的露出脸来。

我们这一间，一共住了十二个人，五个是工人，据说是因为参加过以前的工会的缘故，被"工统会"捉来送到这儿来的，他们都和我同睡在一个炕上。对面一个是工会运动的青年，三个是乡绅，一个报馆访员，一个是孩子。⋯⋯人真没有办法，就在牢监里，还是讲阶级，那三位乡绅先生，据说是为了争办鸦片公贩事业而被人诬告为共产党捉进来的，但他们始终不会同任何人合得来，他们俨然是"乡绅"，保持着不可侵（犯）的威严。那工会运动者是一个很好深思而静默的人，常常把眼睛钉着天花板象考究什么问题似的。孩子呢，不很懂事，但这样重大的打击，似乎在他脑中起了教育的工作（我不知他是为什么捉进来的），虽有时会说说笑笑，但常常也会很成人的静思起来。那访员也不大多讲话，只时时自己对自己说些极轻的话。

所以我最觉得合得上的是我同炕的几个工人了。他们也是很不相同的，譬如说：姓王的两兄弟，是完全的忠厚人，性情虽然不十分孤癖，但我从来就没听见他们发表意见过。所差的只有那弟弟是特别会笑一些罢了！至于那最年长的一个姓华的，他是不然了，他那双活泼的眼睛就足表明他的性格，他是有机谋，有思想的。那个姓吴的，则是一位乐观的人物，他很能随遇而安，没有象姓华的那末有血性，有反抗。其他一位姓李的，则又是一个很会怀疑的人。

我们的晚饭是早在三点钟就吃过了，这时本来是可以睡的时候了，不过牢内的生活，实在太缺乏运动，睡眠常是不长的。电灯一亮了，房里是很寂寞，只有外面守兵的京戏的破腔，不断地传来。我仰面躺着，也没有响也没有想什么。华坐着。

"老华，"吴忽然叫起来，"快把刚才讲的接下去！"

"咳，"小王说："老和尚后来那能[1]了呢？"说着笑了。

"唉，不要讲了，这种东西还有什么好听的呢？明天不晓得审不审，这样闷住真比死还难过！"

"管他妈的！"吴说："做人还不是有一日活一日，在工厂里也是一日，在牢监里也是一日，又有什么分别呢？"

"我想判死刑总不会的吧？"李小声的说。

"判死刑也只好让他判死刑，还有什么办法呢？"吴说。

"判死刑？"我抬起身来问，"你们究竟是怎样才捉来的呢？为什么总不肯对我讲？"

"咦，我不是对你讲过了吗？"华睁着眼看我说。

"喏，许先生，"吴说："你听我讲吗，我们五个人，赛过，是很好的朋友；从前呢，是在一道做工的。刚刚国民军没有到的前半年，我们工人是有工会的，当然，这时还有什么工厂没有工会呢？我们自然也加入的罗！华，他是会写字的，就做个工会书记，其实我们是糊里糊涂，一些也不晓得什么的，后来国民军，碰，打落上海了，又是碰的一声响，杀共产党了！那末……我们的工会改组，是以前重要些的人也捉去杀的杀，关的关了。……我们是糊里糊涂的，依旧还是做工，不晓得在一个月之前工统会护工部派来一个人叫我们进去，我们进去了，他们却把我们禁起来，又送到此地，一直到现在还没审过。"

"还没审过？"我说。

"审一审，就好出去了，我们是冤枉的——"华说。

"这样方便？"李反问。

"那末你呢？许先生，"吴问，"我们也没问你过咧。"

"我，"我回答，"我不要紧，我阿哥会来保我出去，而且我也是冤枉的。"

"是的，现在的人是大不好了，动不动就拿共产来冤枉人。"他说。

---

[1] 那能：上海方言，怎么。

"你哥哥是做什么的？"华这样问我。

"他是在总司令部做事的。"我说。

"唔，总司令部，总司令部……"吴喃喃的说。

谈话到了一个停滞的所在了，静默又认真起来。

到次日醒来的时候，他们自然早醒了，但似乎有什么事发生过似的，大家都面看着面，不做声响，而我呢，素来是康健而又活动的，更加了一个礼拜的静养之后，精神更加充足起来，随便什么时候都兴奋着，都想说笑。我看看他们这副样子，我想他们一定是刚醒过来，带着一种惺忪怅惘的情绪，所以不说话，再不然，他们是想着家，想着过去和未来而在悲哀着吧！我这样想着，不时用询问的眼光，看看他们……

肚子饿了起来，我又想起前几天的故事了，所以我不好意思的踏着被头走过他们那边去说：

"吴，我去买些烧饼来，你肚饿吗？"

"不，不，不，"吴和华同声的回答。

我不管，我还是走到栅边去招呼了我用四元大洋贿买的那个兵，叫他设法给我买四毛小洋烧饼。

烧饼买来了，我们实行起"共餐"来了，我分成十二分，每人各得一分。这已是我们第三回的排演了。

然而别人都用感激的眼光吃了，独独只有华一个人不要，他说：

"我肚子饱，你吃吧！"

"不要客气罗！"

"不，我不客气。"很冷漠的口气。

这也就罢了。时间虽然在囚人的眼光中过得很慢，但她毕竟是走着的。中饭（其实是第一顿）吃了之后，我照例的幻想起来，我常常设想我是被判决死刑了，那时怎末样呢？我想象得和一篇小说差不多，甚至竟联想到杜斯妥也夫斯基的故事来。有时，我又带着确定的意念以为我是会得到释放的。那时，我想，我一定要求我哥哥把这五个人也救了出去。我觉得他们是很好的。

"华，"我突然说："你们的案子这样宕着，你们可不可以做张禀单请求早审吗？"

"是哟！"吴马上热烈的说。

华向他狠视一会,说:"怕没有用吧!"

"做得恳切一些,自然要——我替你们做好吗?"

"不要!"

"叫许先生做不好吗?"吴问。

"……"他没有回答。

我开始有些奇怪,从前那末好谈的华,怎么今天会那末沉冷起来了呢?怕是有病吧!否则,那他一定是想着他的家,母亲或者妻子了吧!我忽然对他注意起来,象初见面似的常常看他,他的容貌也一些一些地似乎同从前不同了,实在,这因为我对任何人的观察都是马虎而又马虎,除非有了主观的用意,那末无论那个人在我的印象中,轮廓总是模糊的。

这对华也是这样,我以前就没注意他,到这时我才开始观察他。于是他的棕色的前额,短硬的头发,大大的黑眼,和猪毛一般坚挺的胡子方才印到我心里去。尤其是他的眼,他看你的时候,你是要寒悚的……

这晚上,我本来又想象昨天那样的谈,然而华却说:

"吴,我今天要接续我的故事了,我说到什么地方呀!……哦,那老和尚在山里迷了路,是不是?"

他滔滔地述说着他的故事,很有能干的把五个人甚至连对炕人的注意都吸了去。但我除了听着之外,还有一种无端的烦怨闷在心里,觉得这里不是我的居处,我极想出去,而又不得;一种火不觉烧灼起来了。

华的声音,很有抑扬的在沉寂的监房中回响着,但感觉着空漠,不禁回想到以前的几夜,他们都是何等活泼的,这时他们总叫我"穷学生",说:

"你的钱,不付学费却来付狱费咧!……"

这类的话,自然他们是根据了我的谎话而说的。他们不但很同情我,并且有时竟说了一两句在牢外不能说的话。似乎我是他们的同路人一样。华吧,他以前可以在我请求之下,不说故事,而讲他以前当兵的生活,漂浪的生活的。而这种真诚鼓励了我向他谈些真话,这原是人情分内的事情,但为什么他们都变了呢?我是感到无限的孤独,凄寂……默默地看着黄暗暗的电光睡了过去。

从不好的梦中,给臭虫和蚤儿攻击得醒来时,已然是过半夜了,对炕的绅士先生把鼾声提得很高,几乎使人想起家乡的水车房里的车歌咧!外面也静谧着,整个的世界也似乎合着绅士先生的鼾声而呼吸着,任何的不调和,冲突，矛盾，罪恶，反抗，暴力都失去了似的。夜是十二分的熨贴着人的灵魂……

但一种微细的语声，使我注意，那是华和吴在耳语：

华说：

"……你真瞎想……你不晓他哥在做官吗？他一出狱，还不是立刻会把一切忘记，你还真想他来救咧！……你对这种人，似乎不很了解，其实我就碰见了许多，譬如说以前在十六师时，那里一个营长的儿子，是常到我们那边玩的，有时请我们吃东西，帮我们写信……但到后来要开拔了，有一个弟兄说他要逃……不料他竟去报告了他爸爸，这弟兄马上便被枪毙了……我们只当是个穷学生，却不意他真有大来历……他对我们好，那是玩玩，消遣而已，何尝真同情我们呢？……不要接近他的好，否则谁又保得住他不同委员同鼻孔出气呢？"

我听了，眼泪不禁流下颊来，提起勇气来，向下一钻，耳边除了洪洪的声音之外，便什么声音也没有了。

一九二九，五，十四日。

（原载 1930 年 3 月 1 日《萌芽月刊》第 1 卷第 3 期，署名白莽。）

小母亲

她醒转来的当儿，附近工厂的汽笛正吹着合唱，这个声音，宏伟而又悲怆，象洪涛似的波荡着，深深地感动了她。

天色并未大亮，她拿手表一看，针儿正指出是五点四十分的时候，这在这个冬天的早晨，不消说是一个阴郁凄凉的时分。她抬起头来望望亭子间的窗儿，透进的还是一股愁惨惨的天空，并且，当她一动的瞬间，冷气便乘着机会钻进她的被口，这使她不禁打个寒战。

"冷呵！"她下意识地喊了一声，但她并没有就更钻下去些，因为她心里立刻就想起了一桩事情：

"怎末，是上工的时候了，我不是约了小洪谈话的吗？……"

这样一想，她立刻便跳了起来，把她厚呢的旗袍往头上一套，很快的就把脚垂下床沿来找袜鞋子了。

穿了鞋之后，她站了起来，这里便显出她是一个强健的忍苦耐劳的女性，蓬蓬的短发，散披上她表示出坚强意志的肩头，也掩笼了一个惺忪而很少表情的脸上，构成一个相当美丽的形相。

她的动作，是轻快而又熟练的；她不费多少时间，就把纽衣整裤的工作告了结束，一转身，她就把被也整理好了，只花了两回动作，把皱皱的被单，也弄了舒直。

她这末一做完，马上就捧了脸盆往楼下去，掏水来洗脸。她有个习惯，不肯用热水洗脸，一方面固然是因为她这样匆忙的生活方式，使她没有暇闲去泡开水，一方面也是她忍苦的惯性，觉得要做得象小姐似的，有些不贴服。有一次，她竟出了这样的一桩笑话：她的妹妹，有一天来跟她同住，泡了些开水给她洗了，她洗了之后，两只手竟睡（肿）起来了。

洗脸这桩十分女性的事情，给她做，却是异常的男性。她没有搽粉的习惯；雪花膏在桌上有一瓶，这是因为，她要终日地在寒风中奔跑，说是为了"美学"的目的，毋宁还是说是为"卫生学"的，来得确当。她的头发，用不着梳，所以，擦了擦面，什么都完了。

她的时间，短短的一刻钟，堆满了动作，好象一个在极高度分工的情态下的工人一样，差不多没有一秒钟给她白花了，没有一步路，是多走的。

洗完了脸，心里自然是"小洪……小洪……"的念着，她在床底箱子里取出一包纸包，挟在手臂下，摸一摸袋，再在抽屉内拿出几个铜元，她就走出房去，下了锁，出门去了。

这时，弄堂里只有倒马桶的人大声地叫着，其余的一切，都仿佛还沉在一种连续的沉闷的梦中。

这个上海的冬朝。

她是谁呢？这最好让她自己来说明。

她是一个，当然是许多个中的一个女性，这种女性是：她所从出的环境，对她们呼喊："你们是幸福的，你们不用愁穿，不用愁吃，你们可以享受的好，你们可以生活的好……"但她们自己却挺然地回答："不必，不必，我们不想好的享受，好的生活，我们已经给自己找了路道，正义和真理给我们造下了壁道，我们不能不往前走，我们是不怕什么的，在过去，在现前，在未来，我们都准备迎受一切的苦难和不幸，我们能够自己支配自己，我们能够面当一切地狱来的黑暗。……"

她，刚才说起的她，就是这样一个。

本来，无论就什么来论，她可和许多别的一样，在华美的环境中，做她女性的春梦，可以用她青春的面容来替自己找个赞美者，拥抱者。可以用她娇小的喉音，来唱些《毛毛雨》之类的歌曲，或，进一二步，唱些西洋曲，如 *How can I leave thee*[1] 等等。

然而，她对这些叛逆了。

她不但是真理的探求者，她是为真理而战的斗士，她仗着她的能力，是那群想引下天火给人间的勇士中之一个。

真是她的幸运，同时也该感谢她敏捷的动作，小洪并没有上工去。她在一间靠近一条臭水浜的平房里，遇见了这个女工。

这条路，她是再熟没有的了，一些泥泞和破壁，她都看得异常熟习，仿

---

[1]《我怎能离开你》。

佛是故乡的山水一般。

"呵哟，大阿姐，这样早！"小洪蓬着头。

"咦，笑话，还早吗？六点一刻啦，你晓得吗？"她本来不是上海人，然而上海话却讲得好。（但为叙述的一致起见，她说上海话时特有的孩稚音味，也只有牺牲，话也被译成普通话了。）

"猪猡又要骂啦！"小洪不在意地接上一句。

"自然，女管车恐怕还要扣工钿。"

"你东西拿来了没有？"

"拿来了，哪，这一包。"

小洪接了就要拆。

"不要动，我来告诉你，那能去分发？呃，听，你把这包放在饭篮里，拿进厂去，起初勿要动，直等到吃中饭，等到猪猡都吃饭去了时，你把这个很快的散在各车间里，最好是贴在墙上。……"

"…………"

"这样做了之后呢，你不要以为事情就完了，却正不然，这还不是主要的事情，等到工人们看到了这些传单，她们一定要讲：'对呀，对呀，要年赏，反对关厂，但是怎样办呢？'在这时候，你就要对她们解说。晓得了吗？……"

小洪这女孩，痴痴的望着她，听她讲，到这时，忽而大笑起来，脸泛着红色。

"怎末，小孩子，什么好笑哟？"

"我觉得你象我的小母亲。"

"笑话，你这孩子，……你说，你是没有父母的，是不是？"

"是的，所以你做我的小母亲呢！"

"不要瞎说，我是你的同志。"

"小母亲同志。"小洪笑得更甚了。

"别讲笑话吧，赶快拿一件棉袄给我，我还要到××工会，你呢，赶快进厂去，今天夜里在学校里再碰头。"

不久，她挟了一满包，又沿着这熟悉的路出来了。

她推门进去的时候，里面透出一阵笑声。

"我们的林英来了！"这是一个脸色苍白的青年说的。

"来了，怎么的呢？"她眨一眨眼说。

“没有怎么，”那青年说，“我们刚在讲一个问题，为什么像 L，D，P，这些人，平时话讲得那样好，又那样用功，那样努力，竟也会错误到这么的地步？”

　　“这有什么奇怪呵，”她一面说，一面把包子放在一只帆布床上。

　　这房子里面有两个人，一个是刚才说了话的苍白青年，还有一个较长大的，还躺在床上，显然是他还没有起床。

　　“朴平，还不起来，七点半了！”她说。

　　“林英，”青年说，“×厂现在怎样了？”

　　“其余都没有问题，最中心的是：工人都怕动，她们说‘要来就大来一下’，这很明白，她们都需要一个扩大的斗争。至于我们方面呢，委员会的健全，已相当地加强，小洪已正式地转入了××厂，今天已开始去这最后一厂活动了，成绩怎样，现在当然还是问题，不过只要坚决地工作，同盟罢工一定有实现的可能。”

　　“那你现在还没有脱离妇女部吧？”

　　“没有，委员会又责成我和成两人负责，真忙啦！”她笑了起来。

　　“此地的事情，你今天提出，或可摆脱，你最好是专注力于委员会去。”

　　“我也这样想。”

　　“但是我们少了她，怎样的冷落呵！”床上的男子大声地说。

　　“笑话，我是给你们开玩笑的吗？”

　　谈话茫茫地展开来，人呢，也不久都到了，林英只是有些生气的样子，她恨声的说：

　　“我最恨不按时间！”

　　林英吃的是什么中饭，别人是不晓得的。

　　那时，她从会场中出来，同着她的是那个苍白的青年，她因为刚才的激烈争辩，脸上还留着激动的表情，颊儿上微微有些红色的痕迹。

　　“林英，”那青年叫她，“你挟的一包是什么？”

　　“是小洪的衣服，”她颓然的说。

　　于是他俩又默然地走上去。

　　“唉，今天我请客，我们去吃饭去。”

　　她看一看表，正是十二点半的光景，心里想：“倒真的有些饿，可是时间不早了，还得到××工会去……"

"不去，我还有事情，你知道吗？"

"吃得很快，不会迟的。"

"不要，我不愿迟一分钟！"

这样，莫名其妙的，他们分开走了；林英在走向一个工人家去的途中，想了一阵不联贯的事情，觉得疲倦；结果还是从袋里摸了铜元买了两个烧饼。

在李阿五家里，她换好了衣服，就拿冷了的烧饼往嘴里送。刚刚唇片触着饼的时候，她忽然呆了一呆。因为，她第一次回想起从前的事情：

那是六七年前的事了，她不消说还很小，正在家乡的女师中读书。

因为家境是很可以的，所以她也自然而然地养成些小姐的脾气。

在一个冬天的时辰,,那时正预备过年，她家里的一切，都弄得丰丰满满的。她祖母，父亲母亲，两个弟弟，这样组成的家庭，在这种节期中，常常是和乐融融的。

就在那天，她因为睡得迟，来不及吃着中饭，她就有些不舒服，阴沉沉的脸相，立刻使母亲忙碌了一阵，替她特别的做一顿好饭菜。可是她，不行！她执拗着，她说她不要吃什么。她祖母把她抱住，把她的头搂在怀里，说：

"乖孩子，谁叫你贪做梦呢？现在你看，妈替你当娘姨，快吃吧，吃下去，明年大一岁了……"

但是她还执拗着，不吃也不响。

这样的坚持，过了很久很沉闷的一些时间，最后却激怒了父亲：

"随她的便，硬性的孩子，看她以后有没有这样的福分？……"

她于是哭了，这哭不但是表示她的屈辱，而且在心中，有一种悔恨扰乱着平静。

这是她第一次"悔恨"，也是她最后一次如小姐似的做人。到了后来，她从家乡出来，经过广州，上海，以及其他的地方，她变成了一个新的女性。

但这样回忆，一些没有花了她的时间，只一转瞬，她就恢复了她自己，她想：

"这还不是我第一次开始看见我自己生活的弱点吗？……"

这样想着，她很快的把烧饼吃完，从阿五家出来，到××工会里去了。

她回家的时候，已经是四点半的时光了，她又穿着她的呢袍子，仿佛一个快乐的女人似的，含着些微笑，推进她的后门去。在灶披间里，她遇见了她的房东太太，这好心的广东女人便和悦的问：

"林小姐，你放学回来了？"

"唵，是的。"

"教书很辛苦吧？"

"还好呢！"她笑了，"小孩子很有味的。"

在楼梯上，她不禁在心里放声大笑，这房东太太只知道她是一个教员，却也并没有再想想为什么她每天要起得那样早，而且穿又穿得那样的不好。"这真是个忠厚太太……"她想，她再不会想到她亭子间的房客，是现社会所惯称的一个暴徒呵！

她推门进去，房里坐着她的表妹妹；她表妹是在一个学校读书的，时常会来看她，她呢，也给她表妹一个钥匙，省得有时碰壁。

"你们学校几时放假？"林英问。

"下星期。"她表妹是个极静默的女孩，不大说话，她那时在看一本讨论"一九二七革命"的书籍，只在林英进来时稍稍抬起头来笑一笑，一直就没有别的动作。

林英从袋子里掏出一个纸卷，郑重地放进靠窗台子的抽屉里，又郑重的把它推好。于是才靠了台子，微微的仰起头来，用右手掠她的头发，轻轻的叹了一口气。

"我有信没有？"她轻轻地问她表妹。

"有的，"她表妹把拿书的手垂下一边，"在这抽屉里。"等林英拿出来的时候，她又添上一句："我拆了看过咧，是岑写的，写得很伤感。"她把尾音拖得长长的，带着一种同情的微颤。

林英拿出了信，读着，她没有讲话，她表妹也只缄默着看书，房间里充满着一种苦闷的，执拗的紧张。

这封信载着什么重要的东西呢？它把强硬的林英，压得坐了下去；她的脸，通过了种种不同的情感，终于是，变成了虔然的严肃。她把信折好，重复放进封里去，重复放进抽屉里；默然地看向前方：前方是什么呢，是森林，是朝日，是繁星？她是都没有看见，她在生命中第二次又看见了烟霞的团片……

但这为什么要支配她好久呢？这不可能，她英雄般的自制力，她地球般的责任心，恢复了自己。她开始微笑地眨眨眼，低声说：

"这小孩子……"

"他为什么这样消极呢？"

"还不是，现代的青年罗？……"林英回答她表妹。

"人生真没趣，象他那样的人，也要说这些消沉话；真怪不得别人，我家里又来了一封信，我真不晓得怎样办好呢！……"

"怎末的，家里信怎末的？"

"下半年不得读书了。……"

"是你母亲写来的吗？"

"唔。"林英见她渐渐现出悲沉的样子，赶快说：

"不管这套，我们来烧饭，我吃了上学堂，你今天在此地好吧？"

"好的。"

在学校中，我们应该引为安心，她差不多把刚刚的情感，完全被一种广大的喜悦和兴奋冲散了去；她是这样的一个人，从这样环境中长成的，情感和理性的矛盾，还不能说完全没有。我们一定知道她在以前，就是一个喜欢伤感甚至喜欢哭泣的人，她的神经，是向来多感的。在她起初突向自我牺牲的道路时，说是理性的把握，还毋宁说是情感的突击；只是在接近了许多人，和许多事物之后，她理性的力，一天天的坚强起来，但虽如此，她情感的成分却并没有减弱。她现在是，在紧张的工作过程中，可以不笑，不哭，不叹息；然若偶然有一种火药似的东西，引发了她内秘的情感，她还要——

还要怎样呢？这就是她在李阿五家中吃饼时的一刹那，也就是接读了岑的信时的一刹那。在这里，她会对自己说：

"这不是偶然的，这有必然的原因。还多想什么呢？这种问题的解决是一条线，是一条用血写成的线，这就是我们所踏着的道路。"

但她有时，也可以发呆，可以直视前方，可以轻轻地叹息。

在现在呢，在她面前站着的是一个孤苦而傲慢天真的工人，虽然她的脸是为过度劳动，营养不良而带着苍白，但她的眼就象某种精灵的灯火，一种不可屈的，蔑视一切的光在眩然地闪耀着。小洪用手摇着林英的肩：

"你看，这样不是一个不平常的事情吗？我们再不能放过这个机会！——

我到那边去了三四天，我知道，这工厂里，从来就没有那样的情景过：工人们活象压在脚底的一只蚂蚁，他们奴隶的惯性使他们缄默着。他们是常在追求中沉思着，她们是缺少一根把她们串起来的线……我告诉你，今天下午，那真是一个活生生的场面，平常只闻到缫车叹息的车间，今天是充满了讨论的语声：

"'这是谁发的呀？'

"'管他，这话是对的。'

"当我说：'我们怎末办哟？'她们差不多都同声的说：'试一试啦！'

"你看，只要我们坚决，明天就可以……"

"我还须要问你多一些的问题；事情一定不象你说的那末简单，难道说他们的政党一些也没有防范吗？这是无疑的，若果因她们说试，我们立刻就试，那是小孩子玩的把戏，这是会失败的，所以我们明天一定要你去用第二步的方法。"

"但是不要太迂缓了才好哟！"

"当然不迂缓，但也不是太急切。"

这时门口又走来了四五个女工，都齐声的叫：

"林先生和小洪姐来得这样早哟？"

"对了，早啦？"林英笑了。

"呃，小凤，"小洪说，拍着一个瘦女孩的肩，"她是我的小母亲。"

"不要瞎说！"林英在她们的笑闹声中，和软地抗辩着。

不久，功课照常开始了，林英耐心地用她特制的上海话，讲了一课"平民千字课"。

在教完一课之后，她叫她们自己读。这时候，因为喧闹的利害，只有一个沉默的她，便感觉到分外的孤单。

"这是我要想我自己问题的时候了。"她坐下时，那末想。

于是一开始，一个可怕的幻影便袭上她的视境。这是一个青年，满面是扭曲着的筋肉，在眉底的眼中，射出苦闷的光。他的唇，是颤抖着，仿佛有种尖锐的东西，在磨砺着他的心，他的皮肉，以至他每个的细胞。

这，她知道，是岑，是她叫做弟弟的那个同志。她能在什么时候，都想起他们初见的一次，这时是夏天，他穿着他灰色的布衫，局促地，懦怯地看她，于是她便想：

"他是一个最受压迫的阶层里出来的吧？……"

以后她和他熟了，"他是一个诚恳的青年"，她是这样印象着。

他现在作为一个幻影出现在林英眼前的，是多末可怜的样子。这是为什么呢？他恳求似的眼光，是在追求什么呢？他颤抖的嘴唇，是要讲什么可怕的字句呢？……

林英是明白的，她老实说确是阅历了些人世的老手，在 M 都的时候，还不是那样的一幕悲剧，那是她第一次入海的经验，连头带发的浮涌在苦恼的波浪之中，过了一个学期。

现在呢？第二次的事件海潮似的又卷来了，她是镇定的，虽然有时也不免动摇，但她目前那种工作，那种责任，确给她不少的救援。

"姊姊，我说过，我是缺乏一种发动的力，我的生命是愈趋愈下的一支病苇。我的理性，其实何尝有什么决口，只是我在情感上，是狂风暴雨的牺牲。我夜不能睡，我白日坐着时，却梦着不可知的幻境，我走在马路上，仿佛是一个吃醉了酒的白俄，柏油的路面，象棉絮似的蠕动着。

"我昨晚独自在 D 公园里徘徊，我突然感觉到死的诱惑，高耸的大树，鬼怪一般的伸上天空去，铁青的天空，只点缀了嘲弄似的几点星光，我面对着栏外的江面，无尽的水波，倒映着凌乱的灯影……

"我不是以前有句诗叫'灯影乱水惹人哭'的吗？那是真的。我最怕见这景象，见了一定是悲伤，是追忆，是哭泣，是死的憧憬。

"我那时觉得，我为什么没有一个来扶持一下的人呢？为什么没有一个握着我生命之缰的人呢？再想，如果我放弃了我生命的占有，而勇敢地跃入无尽的碧波中去，一切会怎样呢？一切要依旧的。公园依然是那末静美的，上海的夜依然是那末呻吟的，乱水灯影依然是那末凄凉的，一切都不会改变。……

"但我终于是想起了你，我想你怕是我最后阶段中生命的握有者吧！我，怎么讲呢？我若没有你，那是只有坚决的去死呵！我理性上是不要死，情感也一定要自杀的……

"姊姊，你听我……"

她把这封信背了这许多，沉重又在她的心头了。

但是学生们的喧声叫醒了她，她看看她们，呀，她们的脸，她们的脸！

疲劳，兴奋，混在一起。她们是奴隶，她们是社会建筑地下室中的小草，但她们却一些死的表现都没有！她们单独的，或整个的都表现着一种向上的蓄意，她们是准备着获得什么东西，她们是准备着完成一些什么的！她们苦心地读着不熟习的字句，但每一个音节都用着整个生命所流露的力量，她们仿佛是一列疾驰着的火车，从没有停下来想一想：

"这有什么用呢？"

她们用她天真的心坚信着，她们的努力是会有报偿的，……

林英看了，理性支配了她，她于是对自己说：

"我要回他一封信，我要打破他的幻灭！"

她坚决地握一握拳头。

"曼妹，"林英一踏进房门就兴奋地叫她的表妹："我今天得到一个信念，我以为少认识一个人总少一分痛苦……"

但使她吃惊的是，她表妹并没有回答她。

"怎末的？"

"没怎末的，"她低声唵气地说。

"我知道了，你不是为了你家里的来信吗？这又有什么呢？"

"但我是不知怎末的惶惑。……"

"我要告诉你的是我今天得到了很多新的启示，我是觉得更坚强了。曼妹，你不要难受，这是小问题，读书没有读，不算什么事。一个人一生就是一个学习的过程，难道一定要进学校的吗？这是容易解决的，容易解决的，就是岑那末烦闷的情绪，我也决心去把他打破……"

谈话是无趣味的，林英是兴奋，表妹是颓然地沉默。……

她果真写了一封信给岑，但写不到一半扯碎了。她说：

"其实，这都是无聊！……"

她于是拉开抽屉，拿出她的纸包来，郑重地誊写她的记录与决议案。

心里想：

"而且明天小洪厂内事，实在是非常严重的问题。"

一九三〇，二，十八。

（原载 1930 年 4 月 1 日《萌芽月刊》第 1 卷第 4 期，署名白莽。）

"March 8"s

——A sketch[1]——

泄精器联合会

有这样一座房子，据说是上海的一种联合会的会所；自然用不着多说，门前交叉着的旗子表明着阶级性，但在名义上，和一切事物一样都是"全"什么的……

读了之后，一定要见鬼；但是不，在三月八日的一个早晨，这个联合会所忽的来了很多的漂亮女人，无疑地她们不是鬼。

"喂，密司林，你今天穿得太标致了。"

"笑话，这件衣服是旧的，难道你还没看见过吗？"

"呵哟，"另一个说，"你们不知道，今天林女士要演说呢！"

"不要瞎说，密司黄今天才要显一显身手啦，因为……哈哈，陈先生也到会哟……"

"你呢？周委员哟……"

…………

"不要胡闹了，密司汪，你的议事日程拟好了没有？标语传单等统统预备好了吗？……"

"拟好了，标语我昨天叫阿金去贴了一天，大概总贴遍了吧！"

"今天你要演说，我们当中还算是你最能干了，我们假使没有你，怕这联合会也终归倒台的……"

"对，对，密司汪是妇协的蒋总司令！"

"哈哈，拥护蒋总司令！"

于是高跟皮鞋在楼板上急速地杂乱地奏鸣起进军曲，无数块涂上各种香料的肉，包着各种彩色，都在沙发上跳动，象一队 Jazz[2] 乐队似的，笑声，

---

[1] "March 8"s ——A sketch：三月八日（复数）——一篇速写。

[2] Jazz：爵士。

尖叫声，挣扎声，号呼声，杂然并奏……

"拥护，拥护……"

"呵哟，我眼镜落了，快，给我爬起来。"

"密司汪万岁！"

…………

"快不要吵，汽车来了，听，不是吗？"

"时间快到了……"

"呃，真的，演讲怎样讲法呢？……"

"还不是，三八的历史，妇女解放的意义，和妇女要参政……"

"对了，关于妇女参政，我有些意见，现在各机关用的女同志实在太少，我们一定要呈请中央，以后在各党政机关里，要用女同志，真的（语气激昂），现在看来，我们女同志是太倒楣了，好象什么时候，什么地方都被男同志压在身上（面红）……"

"哈哈……"

"其实，你且莫讲，女同志真正的挟起皮包来，也有些讨厌吧，譬如象我，老实说倒还是家里安闲住着方便，否则，连大光明去走一次也要请假，那真苦死……"

"我也不懂，三八是第三国际的日子，要我们也纪念是什么道理呢？……"

"不，这是讲妇女解放的日子，第三国际是把它定作劳动妇女解放，假使照这意思说，就要有阶级斗争，但我们总理却说社会并无阶级，他定的政纲里的男女平等，就是讲全妇女的，所以我们纪念三八，另有我们的意义……"

"密司洪真是理论家！"

"…………"

"汽车已来了，我们走吧！"

高跟皮鞋响了一阵之后，汽车的门蓬的一声；喇叭呜呜地叫着，马托拍拍的作着威，一回，终于载着笑声逝了。

泄精器联合会的会所寂然，只剩下阿金抱怨的整理着沙发，两支代表阶级性的旗子，颓丧地沉默不动。

小资产阶级的"闲话"

这时候，正有一位西装革履的青年，在马路上走，他是谁，我且不管。他是一个典型，是社会建筑上抽出的一个枝饰，作为一个新闻记者，他向系着他重量的社会剥削层，尽应尽的义务。这剥削层给他多少的喂养，便利用了他的一切：他的头脑，思想，情感，具体地就是他的文字，理论，观念，感觉，喜怒哀乐，甚至于他的"闲话"与牢骚。

他是这剥削与浴血的社会建筑的一个枝饰，剥削层可以随时把他推送到无底的深渊去，所以他必须照着他这个生存关系来思想，感觉，来讲"闲话"。

他这时在走着，没有一些兴奋，也没有一些欢乐。他心里，在打着一篇底稿，这是过了三天在报上要发表的：

在三月八日的早上，我经过方斜路等处，果然看见许多红绿纸的标语，从这些标语中，大概可以看出市妇女协会的几位女同志的努力的目标和奋斗的决心。——私心欣幸，但愿有一天中国社会里的可怜的妇女，都能受到这几百张标语的影响，而跳出了惨苦的火坑。

然而，我毕竟笑不出而叹息起来了，在一带满贴标语的竹篱的对面，有一家卖烧饼油条的商店，商店里一个女人已在掩面哭泣，一个很粗暴的男子一只手在擎着筷子在滚热的油锅里撩油条，一面却大声地斥骂着那个人，说：

——只会吃饭不管事，可没有这许多钱给你花用。

——别神气活现吧！人家嫁个男子享享男子的福，我嫁了你，说享什么福哩，连新衣裳也没穿上身过。——那个女人，高声地但又凄咽地说。

这样的一瞬，总算在西门的路上一切红的绿的闪动中消灭。我又看见路旁林立着的许多卖高跟皮鞋的店，我看见许多打扮得很漂亮的涂着浓红的唇脂的女郎，我又看见一个年青的丐妇追逐着一位老太太讨钱，呵，我还看见共和影戏院门前的影戏广告上画的一个女子正倒在一个男人的怀间。

不说了，当我从华界而转入法租界后，又在大世界背后一条马路上，看见了一群地狱中的鬼而打了一个寒噤。

吃了饭以后，我早决定去参加市妇协的纪念会，我预料一定有很可听的演说，能给我以新的考量。果然，到了会场以后，我依然能看见许多标语，我依然能看见许多打扮得很漂亮的涂着浓红的唇脂的女郎，我依然能看见许多高跟皮鞋在会场中的移动；但我不见了可怜的丐妇，我总算也不见了那个影戏广告中的倒在男人怀里的女郎。

接着，就开会了。除了林女士（是主席），此外演说的几位，全是男先生。我如何的不荣幸呢？演说的各位男先生，也很有忠实的说话，尤其是许先生，说得极委婉而又句句打入女同志们的心坎。

后来口号喊过了，游艺开始了。真使我肉麻而又羞惭得不堪了。因为竟有一位男先生敢在堂堂妇女协会纪念世界妇运节的会场，公然侮辱妇女。——他是扭扭捏捏装扮不自然的女人的声调，饱含着那种妓女的媚态而唱了多时的戏，一阕完了，接着就听见有人喊"再来一个"，他真个"再来一个"，而鼓掌声喧笑声杂然并作。唉，我真不懂，这到底是什么意义呢？

一直忍到散会，我也退了出来，听得许多来宾在评论：

——戏唱得不错！

——今天怎么没有影戏。

——那个胖胖的女主席口才倒利害。

—— ……

这一个纪念会究竟能给与社会以多少影响。我又怀疑而感叹起来。

但愿妇协诸同志，依照了她们所写的标语，所喊的口号，所提出的议决案，而做些真实的工作出来！

否则，年年三八节，将成为"唱戏先生"出风头之机会也无疑。

末了，我还希望妇女运动之平民化，我更希望下层社会的妇女能先享到妇女运动之福利，否则，仅仅是各机关多用女职员，又何足道乎？

在伟大的建筑上

这里没有什么再可记的了。

只是两个伟大的地方，不应让它辱没在河泥之中：

纪念典礼节目的前六个，在五分钟内完全做好，这是"意想不到"的成绩。

叫口号的时候，有两个口号特别叫得响：

"打倒多妻制！"

"铲除娶姨太太的思想！"

后来有人问：

"我们要提出'平民化'的口号不要呢？"

"要的，"有个女士红着脸回答，"女工在生产期间休息！"

有个劳动运动者，社会局的委员对这口号加以诠释，说明：

"女工在生产期间，必然双手无力，不能直立，不休息也无法叫她做工，并且她叫痛喊疼，必定要惹起别个工人的怒恨和同情，于工厂大有妨碍；至于污血染脏商品，也是重大的理由。"

于是这口号便和和平平地各人叫了一声，幸而，据说并没有传到街上去。

另外一种兴奋与杂感？

剪下的一条新闻：

"本月二日下午起直到七日下午，一连几日都是天公不作美，把我们的工作加以阻难！使我们在上海，东跑西走饱尝雨水，因此我们雇了一乘汽车，去远住在法界的顶顶大名的某女博士的寓所，亲身恭请，惜不遇，后来由她的秘书给了我们一个时间约定，五号的早晨八时半去会她，我们自是维恭维敬的从命，到五号的八时半，就去她的寓所，门者引入，名片呈上，坐候于西式的她的厅里，念分钟的光景，才有一位男士出来接见，不知这位是秘书还是什么，不过不见女博士亲身出来，总知事不能如愿了！果不出所料，他劈口就说：'C 女士近来身体欠妥，不能到贵校去……'接着我们就说了很多诚恳的话，仰慕的意思，同时将我们郑校长的信，和女同学会的信，请他代为转达婉说，他倒也拿了信再向楼上去，但足足半个钟头了，还未见他下来，我们越等越心急，只有自慰着说：'这样久不下来，一定 C 女士在装扮，亲自出见了……'再等仍未见来，我俩又笑着说：'或者要把我俩那封信背熟了才下来呢……'这时候我们雇来的汽车在门外'不！不！不不！'底叫着，催我们回去罢！果然那'不！不！不不！'的汽车响声，把他们惊起了，不多时下楼的脚步声响了，我俩欢喜到极点了，但一瞬间，则哑然失望极了！呵！还是一位男士出来说：'C 女士不日有要公到南京去，恐来不及到贵校演说。'这时我们虽然仍勉强说几句恭维和愿望的话，但同时即急步儿向外去，登上汽车，相并坐着，不觉异口同声叹了一口气！……妇女的先觉呵！……妇女的领袖呵！谁不摆架子……？有几个能不腐化……？算了！我们从真茹到法界的几个钟头，和六七块钱的汽车费，就这样算了罢！

"下午我们去请××女学的校长王女士，她亲自出来接见，礼待有加，和蔼可亲，谈吐可敬，真不愧乎有学问而又有干才的人，又没有那腐化的臭架子，真令我们钦佩到十二万分，而且事实上，她也很爽快底答应在'三八'节那天，到我校演说，使我们得到省时而又满意的结果，我们的内心觉有无限的安慰，知道愿意出来引导我们青年妇女的长姊姊们尚属不少呢。"

夺回我们的"三八"！

在"三八"的前两天，幽暗的地下室里，也煽起了春日的温风，虽然白色大理石的山座压着熔火的奔流，虽然黑暗的暴风吹折着光华的红焰，但火没死，依然在奔行，在冲激，在滋长！但太阳并没熄，依然在照耀，与黑云作最后的抗争！但新世界的萌芽并没有憔悴，依然在地底里发荣，生长，春日的风也侵入了地下的冰窖，也养育了赤火的炎炎。

C伏在堆满了纸片的小桌上，精细地看一种极细小的用复写纸誊好的报告，不时地咳着嗽，他是一个肺病患者，医生威吓他不准劳动，否则，他说："你会死！"

但他觉得"不为工作，那就是对只愿意简单地当一个动物的人，也和作死的宣告一样。"所以他没有认为应该接受医生的忠告。

其实他不会死，他是要永存的……

门响着，一个女子挟了大包的东西，走了进来，没有作一声响，从袋里拿一封信给他。他拆了看一看，看一下那女子，说：

"你坐一坐，我写好东西给你带去。"

他便拿笔来，好象红毡上的舞女的脚一般的，笔尖在纸上跳跃着……

最后他这样在纸上号呼：

"……全国的劳动妇女，劳动阶级：三八，不仅是劳动妇女的，也是全劳动阶级的。纪念'三八'就是要你们更坚决的握一握拳头，说'全世界无产者联合起来，打倒资产阶级！'……后天，无耻的资产阶级的小姐太太们，当然也要用一种改良的手段来欺骗你们的，但记住：'三八'是我们的，是全世界无产阶级的，我们要以我们的行动来夺回我们的三八！我们要以International[1]来和他们的《毛毛雨》对立起来！"

前夜的一部分

三八的前夜，上海的脉搏加速到了极高度：此处只记一部分，为的是：上海太大了，阵线太长了，从世界的这端直到世界的那端，对立着两个阶级，"三八"是注定他们要交火的一日：

---

[1] *International* :《国际歌》。

晚上警察全部出动，于是全上海都好象一条毛虫似的，遍身都出了刺角。

"今天会有什么岔子吗？"一个警察问。

"怎末知道呢？"

"××党[1]真太利害了，你看，这墙壁上竟写着这样大的字，还画着他妈的星，×头×刀[2]……"

"可不是！'

"据说明天要大示威，可惜我没有工夫，否则我一定也要去看。"

"看了又怎末的呢？"

"我要看看××党究竟是什么样子的，究竟要怎样实行××。"

"那简直用不着再看，"他说着从表袋里郑重地拿出一张折叠得很小的纸。"看，这是刚从那面拾来的传单，你来看看他们的主张吧！"

那个慢慢的一个字一个字的读了。

"咦，他妈的，讲的不差呀，可惜……"

"嚷什么，嚷！将来他们是要胜利的。"

"对！他妈的××革命……"

"轻些！"

"管他娘，我停停总要去告诉……"

"告诉谁？"

"告诉弟兄们。"

"当心些。"

工厂门前

这是放工的时候。

阴沉的天空；真比一个法官的脸皮还要难看，一些也没有表情，没有生意。

可是在地上是相反着吧？汽笛的声音象潮水似的汹起汹落，而汇成一个旋律的洪流，工厂区的街道上，走着成队成队的工人，有的是笑，有的是骂，有的拉着大声唱些不成音的歌调，想舒息舒息他们十二点钟劳动后的疲倦，

---

[1] 共产党。

[2] 斧头镰刀。

221

许多小贩都麇集在工厂的入口，知道他们的饵儿，很足勾引工人的饥肠，于是便互相竞逐地叫出他们所卖的东西：

"香——瓜子！"尖锐的声音。

"大饼油条！"

"生煎馒头，火热！"

"白糖油酥饼……"

"花生米，瓜子……"

这时的街道，真是和一条从深睡中醒来的小羊一般，每一段，每一点都充满活的意味。

在街灯放光的时候，在××厂门口，忽然来了蓬的一响，显然是爆竹的声音，这声音若果是在某条街上突然发生，一定会和炸弹一样会吓得几个平静的神经，别别乱跳。但在工人区里，这却并不是这样的。

当响了之后，满满的人都统一地走动了。

"喂，开会了，去呵，去呵！"

人起初是象潮水似的集中在一处，仿佛立刻便构成了一个单一的机器似的。

火色的大旗现在中间，上面写着：

"明天去××路示威！"

"喂！"一个尖锐的女子的声音："明天是三月八日了！这个全世界劳动妇女的斗争纪念日，我们要怎样纪念？"

"罢工，示威！……"四围都反响着。

"我们明天到××路去示威，赞成吗？"女子的声音。

"赞成，赞成！"一百个声音。

"喂，劳动的女工和男工，都受着资本……"

"打倒资本家！"雷也似的一个口号。

"…………"女子继续着，"都受××党[1]的欺骗和压迫……"

"打倒××党！"又是一个伟大的波浪。

那时，人的潮头掀动了，原因是：

工人都细声地说："巡捕来了！"

---

[1] 国民党。

"巡捕来了，"女子说："不要怕，列队游行，向前去！"

于是口号，传单，脚步的声音……象交响乐似的噪鸣起来，立刻有一种进军的空气，浮荡在这工厂区里……

International

这个早晨，什么东西都显得异样似的，天色有些阴惨，空气有些凝停的气概，汽车不象往常那末有威风，市街上也失了从前"工作日"的烦躁，而代之的，不是一种假日的情调，却是一种沉默的紧张，仿佛是，什么大的爆发要立刻在地球上发生似的，人们和一切，都期待着，焦虑着在心底……

"今日华租两界特别戒严！"新闻纸用大号字报知这个消息，这是一个战斗的警号。第二行则是：

"妇协今日召集代表会在总商会楼上纪念三八。"

所以新闻纸到底是观察统治阶级的镜子，在这种斗争的节目上，它必然要有两个特性：一种威吓，一个欺骗；到了平日，则换上另外两个特性：一个是他自身的矛盾冲突，一个是他们一致的威吓——白色恐怖……

街市上，四个一队的巡捕，板着鹳鹤似的脸嘴，沉重的踱着步，从这条街看到那条，这种黑色的队伍，蠢蠢的很多在移动着……

马路上，好象是很清静的。

可是在人行道上，看哪，这是一个什么现象呢？临着马路的那一条最前线的街上，一眼看去，整齐排着都是稳固的脚，和天寒风紧时排在屋脊上的乌鸦一般，静默地，稳定地，整齐地排着……

他们有的长，有的短，有的小，有的老，有的是学生，有的是工人，有的穿着西装，有的却穿着最破陋肮脏，涂着油污的青衣，有的穿着时式的旗袍，披着散发，有的却穿着不合身的粗布衣服，病状的脸上，是一头的黄发，一根不洁的辫子，发丝上甚至有棉絮在轮转着。

他们是谁呢？他们是整个的，把他分开来看，每一个人都是懦弱，病态，疲倦，无力，可以随便给一个穿着发光皮靴的脚，踢到阴沟里去；然而，他们是排列着，几乎是手挽着手，心接连着心，呼吸合并着呼吸；他们是强大的，强大的一列，谁也不能冲破他们，他们的队伍是铁一般的坚韧……

人行道拥挤着了：队伍不是单行列的，却是重叠着，重叠，象土堤似的，威吓着要侵前到马路上来……

马路上依然巡行着鹳鹤之群，在他们无表情的脸上，有着一种上火线的沉默与惊呆，他们发现着他们是在重围之中徘徊着，他们感觉着，他们的任务已不是袭击，已不是进攻，他们要取的手段，只是防御，只是怎样使自己杀出一条血路……

但他们不怀疑，他们的生存关系命令着他们，督促着他们，他们不时地看看路旁的土堤，苦笑着，"怎样办哟？"仿佛说："早些过去吧！"每部汽车颓丧的走过时，他们都看一看，心里想："还是把黑色玛利亚全部开出来吧，还是把武装陆战队全体开到马路上站着吧！……"

九点钟的时候，阴沉的天忽然醒起来了，板死样的阴暗消去了，太阳用着他红色的光芒，四向扫射，号召着："前进吧！全世界的奴隶！红日当前，夺取失去的光明哟！……"

果然，这不是偶然的象征……

"蓬，蓬！"

上海爆裂了！人行道上的土堤跟着声音的长浪崩到马路上来了！黑色的队伍冲散了！纸片和秋风的落叶般从空中散下来，整个的街，整个的市区，从这端到那端，从此处到那处，都动輾地象炸弹似的爆发了！声音是整个的，行动是整个的，街道充满着人的头，手，帽，和纸片；口号的声音象机关枪似的袭击着天空——

这是整着队的军伍哟！

前进！

黑色的个体，分散着，失落在汹涌的人潮中，他们冲突，挣扎，击打，都失了效用，群众的波浪，把他们象坟墓似的埋葬着了！

"哗……"

——一支红色的长蛇在波涛上舞跃着。阳光助着威，威武地，有力地向前走动着了……这是群众的血液哟，这是群众的意志，它的出现，立刻组织了群众爆燃着的情感，土堤式的队伍形成了，×旗在它的尖顶，它挺直地勇敢地向前，群众都随着……

那时，只有步声，和号呼声控扼着天空，交通停滞着，全上海在声涛中沉默下去，这群众的声音，代替全中国的奴隶，以反抗的语句回答着全地球的声音……《××歌》和雄厚的巨人似的在街上迈步了：

"谁是世界的创造主，

都是我们劳苦的工农……

一切都为生产者所有，

那里容得寄生虫……

……………………"

它的双臂展开着，展开着，接着美洲，搂着俄罗斯，他的喉音是世界的，从空气似的传播于地面……

"呜——"，黑色玛利亚开到了，迎战的热情，象野火似的燃烧着队伍，队伍乱了，人都奔跃着，迎上去呵！迎上去呵！人跳得和搏兔的猎狗一样，手拿着帽子在空中招展，长蛇的队伍变成一个似待袭击的刺猬，×色的旌旗飞扬作为中心……

"冲过去呵！"

黑色玛利亚倾倒着黑色的队伍，慌乱地跳跃了，他们突到这边，群众集中在这边，他们跳跃到那边，群众跟着到那边，×旗在骄傲地笑着，《××歌》的声浪象世界的喇叭似的鼓励着群众！

"前进呵，袭击！"

×旗移动了，群众迫上去了！

黑色玛利亚后退着……

《××歌》的声浪……

群众再迫上去……

"拍！拍！拍！"

排枪响着了！群众为爆怒所袭击，进迫的阵势取着散兵线的形式……战争的旋律开始到了最高点，群众的袭击，不为指挥所统制，电车玻璃的破声，铁与石的声音遥应着。……

流着血的人开始在人群中现出，他们脸上兴奋的汗与血液混在一起，蒸发着汽，吐喷着气……

枪声继续着。

"打，打，打，"群众的呼声！

人群拥挤着，旋风似的突进……

倒地的……号呼的……

225

一个青年，扬着长发，流着满脸的血，奔驰着，从在他身上护卫着一队苍白的女工，她们用尖锐的喉音号呼着：

"我们夺回我们的三八了！"

接着又是一阵《××歌》声，与"拍，拍"的枪声应呼着……

这早晨，是斗争的……

一九三〇，三，二〇。

（原载 1930 年 5 月《拓荒者》第 4、5 期合刊，

此期又名《海燕》，署名殷夫。）

被奥伏赫变^[1]的话

编者:

《文化批判》使我兴奋,真的。

有一些小意见写在下面:

一月号的十七页上"批判不仅是解剖刀乃是一种武器(Kritikvist kein anatomisches Messer,sie ist eine Waffe.)"这句内的"仅"字大约是作者的笔误,这是应该删去的。因为"不仅是"和"不是"显然不同的。要是照"不仅是"的一句话,则说"批判是解剖刀,同时也是武器"。但是照第二句呢,则说"批判只是一种武器,并不是解剖刀"。

而"kein anatomisches Messer"似乎应该译作"不是解剖刀"的。

你们觉得我的意见对不对?

同书里二十四页"Die philosophie kann sich nicht verwirklichen ohne die aufhebung des Proletariats……"^[2]作者译作"不把普罗列塔利亚特'奥伏赫变',哲学决不能实现。"

在此我们很容易看出(照中文看)Proletariat 是被 aufheben 的。

同时在《创造月刊》九期成仿吾先生有几句话!

"……我们在以一个将被'aufheben'的阶级为主体……"

依他的语气,似是说 Bourgeoisie 是被 aufheben 的。

于是我发生些疑心请你们指教。

我是一个刚学半年德文的学生,错误怕所难免,祝努力。

徐文雄^[3]于同济

(原载《文化批判》1928 年 3 月 15 日第 3 号《读者的回声》栏)

---

[1] 奥伏赫变:aufheben,"扬弃""消灭"的意思。

[2] "哲学不消灭无产阶级,就不能成为现实;无产阶级不把哲学变成现实,就不可能消灭自己。"出自马克思《黑格尔法哲学批判·导言》。

[3] 当时,殷夫借用"徐文雄"的高中毕业文凭,考入上海同济大学德文补习科,因此投稿使用这个署名。

227

李卜克内西生平事略

一、身世

卡尔·李卜克内西（Karl Liebknecht），是德国老革命家威廉·李卜克内西的儿子，生于一八七一年，莱不齐希（Leibzig）是他的故乡。威廉是一个非常勇敢的革命家，在一八六〇年之前，德国的社会主义者有两派：一是拉塞尔派，另一派是威廉所领导的，到一八六〇年，这两派合并为德国社会民主党，威廉就成为党内的干柱，在铁血宰相俾斯麦的统治之下，努力奋斗，宣传革命，终于使政府定的社会主义取缔法，不得不自动取消。就在小李卜克内西出世的那一年，威廉被政府逮捕下狱，所以卡尔的革命精神，可说在很小就熏陶成的了。

李卜克内西在本地的学校毕了业之后，又到柏林来受大学教育，他学的是法律，所以在大学毕业后，他就一面做律师，一面继续着他父亲干革命的工作。

二、奋斗

一九〇六年九月，德国有个青年团体请他去演讲，他就拿"军国主义"作为题目，把帝国主义抢夺市场殖民地，把军备疯狂地发展起来的真相，毫不客气的暴露出来，并且说明军国主义与反军国主义在国际青年运动中的特殊地位，大声疾呼地号召青年群众为消灭军国主义而战！这些演讲稿，后来印成一本小册子，在青年中有很大的影响。

一九〇七年四月二十三日，德政府认为这本书宣传的是危险思想，下令禁止发卖，并且把李卜克内西拘捕起来。在法庭开审时，德皇用特别装置的电话，听李卜克内西的口供，所以这件事差不多可说是德皇亲审的。在未判决之前，法官和软的说，如果他肯认罪，他是可以减轻刑罚的，但倔强的他，那里会肯屈服呢？他还是大声的喝骂，指出军国主义的谬妄，因此，结果就被判监禁一年。

但他一向就是实行的革命家，非常得劳动者的拥护的，因此，他的入狱，使柏林工人阶级非常愤恨。当时适是普鲁士议会改选的日子，于是工人阶级就一致地选举他为议员。

三、议会中

他入狱之后，进到议会，还是保留着他的灼火似的革命精神，随时都努力的向着普鲁士军阀作猛烈的攻击，有时议场的秩序都为之大乱。他这样勇敢的行为，更得到劳动阶级的拥戴，所以不久，他又被选到帝国主义议会中去做议员了。

一九一四年，德国政府提出第一次军费案，当时许多的社会民主党议员，忽然抛弃了平素的主张，变"世界无产阶级联合起来"的口号为"工人阶级为保护祖国而战！"，一致表示赞成战争，只有李卜克内西等十三人，坚决地反对帝国主义的战争，因此当时竟有谣言说他们十三人是被德皇枪毙了。

实际上，他是劳动阶级的领袖，德皇是不敢枪毙他的。不过他是一个候补中尉，因此他不得不到军队中去，但他到了波兰的前线，他并没有帮助帝国主义者残杀劳动兄弟，他却不倦的在军队中宣传非战的思想，向兵士说明这次大战的意义，并且指明只有工农兵联合起来革命，才是消灭帝国主义战争的唯一法门。

议会开会时，他从前线回来出席。政府提出第四次军费案，改良派，修正主义者柏因斯坦等在表决以前都退出会议，只有李卜克内西一人，不屈不挠地大声叱喝，表示反对战争。

到第五次军费案提出时，反对的人增加到二十个之多，但是不要脸的社会民主党干部却以为他们这样态度，大得罪社会民主党的主人资产阶级了，议决把他们开除出党。

那时李卜克内西便更坚决的为自己革命的主张而奋斗，并发行《敌人在国内》一书，把一切资产阶级及其走狗的欺骗，暴露无遗。这书也给政府禁封了。

在议会中，李卜克内西是德皇军阀以及资产阶级的最强的劲敌。他大胆地反对政府压迫一切自由，欺骗民众的手段，揭破一切帝国主义的阴谋，也只有他才不愧为真正马克思主义者，真正的革命者。真正的革命者不过借议会来揭破统治阶级的假面具，只有机会主义者才会把议会主义来代替无产阶级专政呵！（只有不要脸的取消派才曾跟着改组派第三党来大叫以国民会议代替苏维埃呵！）

四、斯巴达卡斯团

大战发生之后，德国的社会主义者分为三派，第一是由爱伯尔特（Ebert）霞德曼（Schedemaun）为首的多数派社会党，即社会民主党，第二是由考茨基领导的骑墙派，后来成为独立社会党，第三是李卜克内西和卢森堡的一派，后来组成一个斯巴达卡斯团。其实，社会民主党是资产阶级最忠实的走狗，独立社会党是彻头彻尾的机会主义者，只有斯巴达卡斯一派才配称为真正的社会主义革命者。

斯巴达卡斯（Spartkas）这字本是一个罗马奴隶的名字，他曾做过牧人，山贼，最终就做了武士的敌的奴隶，但他却是一个革命家，曾煽动了奴隶起来暴动，与压迫者的军队，血战几年，后来终于被杀。李卜克内西拿这个字来形容他的团体，并不是无意义的，他是要集合饥寒交迫的奴隶向一切资产阶级，贵族，及其食客宣战呵！

斯巴达卡斯团的活动，是一段极有光彩的斗争史，便是修正派做的《德意志革命史》（李华译）里也这样写道：

"斯巴达卡斯是在大战中用作一批著名的小册子的别名，这些小册子的著名只在一点，就是他们能恰恰表白了大多数不能写或不能说的群众心中所涌现的意志。斯巴达卡斯并不耗费工夫去讨论军事公债投票的是非，但它很暴烈地再三说道'打倒战争！'时，那些在陋室的暗光之下偷读这些刊物的人即与之心心相印。斯巴达卡斯的确是替被压迫的人说话。"

"打倒战争！""变帝国主义战争为阶级的国内革命战争！"是斯巴达卡斯团自始至终号呼的口号，也实在是由这两个切实的口号，才推动了德国的革命！社会民主党人及独立社会党人在前都异口同声的说："革命是过去了！"所以他们都钻到议会，去忠实地为资产阶级德皇服务，等到革命的浪潮在斯巴达卡斯的口号之下汹涌起来时，他们这批投机派才走过来大叫："不流血的革命呵！"乘机取巧的拿（夺）了政权，冒了革命之名，实行资产阶级独裁的所谓"民主政体"。

斯巴达卡斯团当时虽然幼弱以致失败，但他是不会给社会民主党，机会主义者消灭得了的，他现在是强大的德国共产党，是德国工人阶级唯一的政党。他是德国的布尔塞维克，只有真正的布尔塞维克才能在资产阶级，改良主义，机会主义取消派的围攻之下，坚强地成长起来。

五、"五一"示威

在一九一六年中，欧战的烟雾正笼罩了大地，一切无耻的社会民主党叛徒都歌功颂德的为自己的资产阶级辩护，赞助成千成万的无产阶级去为资本家送死，在这个疯狂似的迷雾中，只有李卜克内西的洪钟似的声音是可以听到的：

"前进，打倒资本主义，打倒政府，打倒帝国主义战争呵！"

在这年的五一劳动节，他号召了一个伟大的群众反对战争的示威，他在几千万的群众之中，大声的喊道：

"打倒无耻的帝国主义战争！打倒战祸的负责人！我们的敌人不是英国或俄国的工人，而是德国的地主，德国的资本家政府！"

"前进！我们和政府战斗！我们和自由的死敌战斗！我们的工人阶级的胜利，为人类与文化的前途而战斗！"

这真是一个盛大的示威，不但工人，并且连一切的妇女都英勇地参加这次示威，民众对帝国主义战争的罪恶已认明得如同白日（只有走狗社会民主党还叫着"工人为保护祖国而战！"），忍耐已经破裂了，广大的暴怒的群众，把示威变成了暴动，革命的情绪象火一样蓬勃着。

政府采用了高压手段，死伤堆满了街道，李卜克内西和同志八人，立刻被捕。本来他是议员，得议会的多数同意可以释放，但是议会把这提案否决了，于是革命的李卜克内西，不得不受了军法的裁判，处了两年半的监禁！

六、革命

但是革命并不是少数英雄的事业，革命不是白色恐怖能淹没的。李卜克内西是被幽禁在牢里了，但他的口号却深印在几千万人的心底，民众对帝国主义战争的厌恶，象火焰似的猛炽起来。终于在一九一八年的十月初旬，昔日似虎似狼的威廉第二，在革命浪潮的威胁之下，也不得不把李卜克内西释放出来，在九月的早晨，也不得不宣布退位，逃到荷兰去作一世的寓公，只便宜了一班投机的社会民主党人，乘此机会，抢了政权，与独立社会党人组织联合内阁，向咆哮的群众宣称："德国不流血的革命成功了！""政权归于民众了！"（其实政权是资产阶级的！）

那时只有李卜克内西与卢森堡及他们的斯巴达克斯团[1]是清醒的。

"我们不要这种联立政府，我们要无产阶级独裁的苏维埃政权！"这个声音，象暴雷似的响震了德意志，几千万的群众在这声音之下团结起来了，社会民主党受了资产阶级的指使，开始用卑鄙的敷衍手段来回答这个声音，终于看见革命高潮的澎湃，不得不剥下最后的假面，用机关枪，大炮来与民众相见了！

十二月六日的"射击争斗"雄辩地向世界无产阶级以及一切被压迫的群众说明，社会民主党还是法西斯蒂的亲兄弟，他不但欺骗革命，并且公然无耻地压迫革命了！

于是德国革命的全责，整个儿落在斯巴达卡斯的肩头上，它象斯巴达卡斯一样，领导了饥寒交迫的奴隶们与一切反动势力作战！

七、一月十五日夜

一九一九年的一月四日至十五日，是这个预期着的爆发终于临到的时候，德国无产阶级于是第一次演习他们夺取政权的暴动。这无疑地，和一九二七年广州的暴动一样，准备工作上有很多的缺点，但它伟大的意义是在于它号召了空前的广大群众，他们的旗帜是鲜明的"苏维埃政权！"。

在这几日里，柏林以至全德国都陷于特别的非常状态之中，群众象潮水一般的塞拥着街道，李卜克内西在汽车的顶上往来驰骋，对群众作极煽动的演说，叫出他们的口号："推翻资本家政府，建立工农兵苏维埃！"

整个的柏林，在狂热的波涛之中，沉没下去，李卜克内西以及斯巴达卡斯成了它的代名词，全世界都倾听它们的声音。

但这是德国无产阶级第一次的演习，他们缺少一个一九〇五年的"流血的日曜日"，他们又缺少一个三月革命，而且斯巴达卡斯团，还是刚刚从地下跑出来的嫩芽，因此，他们对暴动这门艺术，还不能十分运用得圆熟，领袖李卜克内西，花了过多的时间于鼓动群众，煽动群众，政府的准备得以充分地做成，缓慢了一分钟的袭击，已不能挽救转这个危险的局势：政府开始武装力量向革命反攻，群众的热情，在机关枪与大炮之前，变成了碧血，斯

---

[1] 斯巴达卡斯团。

巴达卡斯团的壮举终得了悲惨的结局；群众被冲散了，李卜克内西与卢森堡为军队所捕，在一月十五日夜，在解往总司令部的途中，社会民主党奉了资产阶级的严命，终于在黑暗中把两个领袖残杀了！这是李卜克内西生命的最终，但不是他事业的打击，他的斯巴达卡斯团没有死，德国革命也没有死！

明日的德国，还是李卜克内西的！

八、李卜克内西与青年

"李卡克内西[1]和青年中间有一种亲密的关系把他们缠结着，他时常总是给青年们围绕着的。"——布哈林。

这句话可作为李卜克内西全生事业的骨干。他从小孩子变为青年，从青年又变为壮年，但他的一生，都只建筑在一种青年的精神之上。他是一个青年领袖，他不但以为青年是将来建设共产社会的主人翁，并且认为在目前，把未来的社会拉近来的，主力军也还是全世界热烈的纯洁的青年群众！他的一生，就在于领导青年为"打倒自由之敌而战！"为"工人阶级的胜利和文化与人类之前途而战！"

在一九〇七年，他便召集了一个青年的代表会，反对帝国主义战争，反对军阀主义，规定青年的革命任务等。这个会议成为少共国际的雏形，我们说列宁是世界革命的领袖，我们不能不说李卜克内西是国际共产主义青年运动的领袖！

他对青年群众说的话，是永远不会从记忆中磨灭了去的！

"军阀主义不仅是反对国外敌人的工具，它还有第二种作用，这种作用在阶级冲突愈加利害和无产阶级觉悟不断发展时便愈加明显。"

"这种军国主义的作用就在维持现社会的秩序，支持资本主义的命运，和镇压无产阶级争自由的斗争。军阀主义完全是统治阶级在阶级斗争中的工具，它和警察，学校，教堂等一样妨碍无产阶级觉悟的发展。"

"反军国主义的宣传一定要象网一般的笼罩全国，无产青年一定要浸润在对于军国主义的憎恨里……在社会民主主义影响下的青年，我们必要尽我们的责任夺取过来，谁得到青年，谁就得到军队！"

---

[1] 李卜克内西。

九、我们的誓语

李卜克内西死了，他的精神永存，我们青年的未死者，踏着他的血迹，向前冲去呵！

"前进，打倒资本主义！"

全世界无产阶级联合起来！

继续着斯巴达卡斯团的精神与一切机会主义者，投降派，取消派，作誓死战！

继续李卜克内西的精神坚决反对世界第二次大战，以无产阶级的革命战争来消灭世界大战！

继续李卜克内西的精神反对军阀混战，以工农兵武装暴动消灭军阀混战！

以斯巴达卡斯团的精神来推翻帝国主义及豪绅资产阶级国民党的统治！

坚决反对军国主义！

以李卜克内西的国际主义精神来与国家主义，爱国主义[1]作战！来给与世界无产阶级及被压迫民族以最密切的提携！援助朝鲜、印度、安南、菲列宾的民族解放斗争！

武装拥护世界第一个苏维埃政权——苏联！

继续李卜克内西的精神反对改组派，第三党等等的改良派！只有苏维埃政权是一切无产阶级及压迫阶级的救星！

最后，我们记住我们的格言！

"人生必定要勤劳的，奋斗的，辛苦的，不要安闲地过快活日子，因为困苦中就有你的幸福了！……当我在斗争中，不顾死活地向前冲时，痛苦刺激是最厉害时，我特别快乐"！——李卜克内西给儿子的信。

一九三〇，李卜克内西纪念日。

（原载 1930 年 1 月 16 日《列宁青年》第 2 卷第 7 期，署名沙洛。）

---

[1] 指资产阶级政府宣扬的爱"资产阶级国家"。

血淋淋的"一一三"惨案[1]

——美帝国主义、国民党联合屠杀安迪生灯泡厂工人

号称帝国主义之王的美帝国主义,因为要努力争得世界的霸权,早就把门罗主义的假面具放在一边,开始积极地侵略殖民地了。特别是中国,这是块帝国主义必须争的肥肉,美帝国主义处心积虑的要变为它资本的输出地,一方面以它的金洋来剥削中国的贱价劳动,一方面以他的经济势力来扩大它在中国的统治。

上海劳勃生(路)的奇异安迪生灯泡厂,便是美帝国主义资本家办的一个工厂,他仗着不平等条约的权利,对工人的剥削与压迫,真是无所不用其极。尤其是最近几年来,美帝国主义以金洋收买了国民党这只忠实走狗以后,同时国际资本主义又开始了它动摇和崩溃的过程,对于工人的节节进攻,更是分外的激烈。工人群众处在这个严重的剥削与压迫之下,只有不断的反抗,不断的斗争!

去年十二月十二日,全厂四部工人同时发动,要求增加工资,增加赏工,受伤工人发给医药费。起初资本家不肯答应,于是工人一致怠工,派代表严厉交涉,资本家见工人有团结,开始恐慌,就答应了部分的要求。但对于几个工人领袖,早就怀着暗算的毒心了。

工人群众于得到部分胜利之后,知道团结的重要,知道向资本家进攻,没有严厉的团结是不能为力的,因此,他们就开始准备组织俱乐部。资本家闻讯之后,晓得工人一团结,是很不利的,遂百般的运用其挑拨离间的手段。他知道工人领袖范某等,在群众中很有信仰,他虽然想早日除此心腹之患,但却又不敢惹怨群众。所以他就对范说:"厂方晓得你是一个很努力、很勤勉的工人,因此想把你提拔起来,现在门市部正缺少一个人,你到那边去做

---

[1] 上海奇异安迪生灯泡厂的工人为了合理诉求,于 1930 年 1 月 13 日进行罢工,却遭到美帝国主义和国民党反动派的镇压。

事吧，月薪六十元，比做工好得多了。"范知道是调虎离山的巧计，就婉转地拒绝了。资本家无奈，只好用绑票手段，硬把他用汽车载到门市部了，可是范不久又逃回厂来了。

资本家见计不遂，就改变方法。他知道俱乐部的组织，是工人迫切的要求，随便用什么方法阻止也不能够的了。于是便将计就计，向工人说：

"组织俱乐部很好，但何必各间混合起来呢？我以为还是白料间管白料间，玻璃间管玻璃间为好。"

他见工人不理，又变一计划：

"你们组织俱乐部，我在厂内拨一间房子给你们，你们要什么，我都可以出钱买。"

工人群众知道这是要把俱乐部在资本家直接监视之下的奸计，同时又见资本家一再捣乱分裂，非常愤恨，于是随开会商议，议决对资方提出哀的美敦书，写了一封信给资本家，要他即刻答复。信的内容是：一、厂方对俱乐部不得任意干涉；二、本星期日（一月十二）休息半日，并借房子一间给工人开成立大会。

资本家接了来信，知道工人不能再欺骗的了。所以随决心采用破坏手段，以残酷的真面目来与工人相见。他对这哀的美敦书，不但置之不理，反而去勾结了国民党公安局警察来实行武装弹压，国民党本来是帝国主义的忠实走狗，得令之下，那有不唯唯听命呢？所以在十一日下午六时，公安局的武装警察，就来进厂捕人了。但当时工人领袖范某等三人正在群众之中，警察不敢下手，于是就假说有事相商，诱出厂门，逮捕去了。

他们被捕的消息，一传进去，立刻就激动了工人群众，遂鼓动全厂，实行罢工，并决定包围写字间，打写字间，派代表送东西给被捕工友，代表向他们说：

"我们一定奋斗到底；你吃一天官司，我们就罢工一天。"

他们也说：

"好，你们一定要坚持到底，你们多罢一天工，我们情愿多吃一天官司。"

十二日是星期日，照例是休息的，工人群众自动的召集群众大会，由代表报告被捕工友的志愿，大家都非常激昂，特别是青年女工，磨拳擦掌的，都决心与资本家拼一高低，非达到释放被捕工友的目的不止，并要表示进攻的形势，决定次日厂内发动罢工。

十三日上午八时光景，白料间全体工人首先发动罢工，号召全厂工人（开）群众大会，到会的共有一千四百余人，讨论如何营救被捕工友，并一致宣布罢工，誓为三人的后盾。当时，资本家叫来的国民党走狗警察，已经进厂，但工人毫不畏惧，照常开会，在群众议决罢工时，第六区区长段某向（群）众恐吓着说：

"你们罢工？现在你们不知道是戒严时期吗？罢工是要枪毙的！"

工人置之不理。那时群众中忽来了几个国民党侦探，自称为市政府科长，大声叱骂群众：

"谁主张罢工，谁就是共产党！"

到这里，群众已怒不可遏，大叫"打走狗！"一拥上前，把这侦探打得落花流水，并把狗区长包围起来，要他非立即释放范等三人不可。狗区长大窘，下令叫警察实弹平放，立即打死女工两名（内有青年女工王阿四，年仅十四岁），重伤的五名，同时又拘捕了十二名，扬长而去。

这时资本家用电话召来的美国水兵陆战队也已开到，随全部进厂，用棍棒枪把，把群众打出厂去，陆战队占领了工厂。

资本家进攻工人的方法，真是无穷的多，又是无穷的妙。当他起初破坏俱乐部时，用的是欺骗手段，但看见欺骗不成，便用武装来威迫；但是在惨案发生了，他知道这毫无疑义的要更激怒群众，更把斗争扩大的，所以他立刻又改用欺骗方法了。

惨案发生的一日，资本家立刻指定几只走狗来组织一个"工会"，由国民党社会局的帮忙，到各工人家里去游说，说被捕的人，立刻可以放，死伤的人都有抚恤，叫他们一定要去上工。公安局的区长巡长都乔装作小贩，到处散布这种温和的空气。第二步，则资本家假意说国民党不好，出钱把被捕的人保了出来。第三步，资本家叫走狗拿些钱给死者家属，带恐吓的叫他们立即离开此地。

群众本来是缺乏组织的，资本家走狗又多方欺骗恐吓，而且被捕的人，在资本家的妙计巧算之下，真的放出几个了，所以，罢工没有坚持到几天，就被欺骗去复工了。但是资本家的奸谋，国民党的阴险，是终于会被工人群众认识的。他们复工后，还是积极地组织俱乐部，第二次的斗争，是很快会爆发的。

这个血淋淋的惨案，有着它很伟大的意义；虽然说在白色的中国，帝国主义及国民党军阀每天都要屠杀，喋血，但是每一次，自都有它特殊意义的。

这次惨案的造成，无疑地是帝国主义国民党联合进攻工人阶级一贯的政策的表现。特别是目前资本主义世界内外矛盾交加的时候，帝国主义不但要加强对苏联的进攻（这表现在中东路谈判后国民党的态度上，表现在伪票案上，又表现在海军会议上，表现在英法对波兰的军火接济上），不但要更加紧瓜分殖民地的进行（如中国的军阀混战的蔓延与扩大），而且不得不对无产阶级更行残酷的剥削压迫。

帝国主义及国民党军阀，无论内部有着多少的矛盾与冲突，但他们对进攻苏联，对压迫革命是一致的。几月以来上海的资本家，对工人的进攻是一天天的加紧，帝国主义国民党的压迫是天天地加重：如纱厂代表的被捕、鸿章工友的被捕，以至安迪生的惨案，都接连不断的发生，但随之而起的，也是革命斗争的开展，这可证明：帝国主义、国民党愈加白色恐怖的制造，也只有愈走近他们的死期。群众斗争的浪潮，很快的会把反动的统治淹沉下去！

在这次惨案中，我们可以看到工人群众对反动统治的仇恨，是如何的深切，对走狗的欺骗是如何的愤激。这个斗争，本身就是一个政治的斗争，进攻的斗争。我们再要看一看在这次斗争中，群众以直接行动对付资本家走狗的情绪，尤其是青年群众的热烈，都可以看出革命浪潮复兴的征兆，同时也可以打破取消派的谬误理论了（他们说目前的工人斗争是经济的，退守的）。

不过，我们还要从这斗争中学习，才可保证未来的胜利。我们看美国资本家进攻工人的策略，是异常地巧妙：先欺骗，后压迫，再欺骗，一软一硬，一打一揉，很足使人堕其彀中。如安迪生复工后，资本家又开除了十几个未参加罢工的工人，以来改头换面进攻工人，资本家的手段是非常毒辣的。

"一一三"惨案虽然是失败了，但它必然会深印在上海以及全国工人阶级的脑幕上的，全国的工人群众认识这是他们血海中的一流热血，将会把它当成一个刺激，在这迅速地高涨的革命潮流中，来更坚决地推翻帝国主义、国民党的反动统治，而建立自己的政权！

一九三〇年二月五日

238

【附注】上海《民国日报》等狗报记载这次惨案，第一天是空白，第二天的则不但是不痛不痒，甚至还捏造工人开枪。而《字林西报》则较老实一些，说："区长命向天放，而警士年青，居然平射了。"

（原载 1930 年 2 月 10 日《列宁青年》第 2 卷第 8 期，署名沙洛。）

又是一笔血债

——为"四三"惨案死难者及刘义清烈士复仇!

继着"——三"的惨杀,祥昌的流血,"三八"的冲突,新的"四一二"又发生了。帝国主义国民党联合的在南京在上海屠杀劳苦群众,这表示统治阶级在日趋崩溃的过程中,在日益澎湃的革命浪潮中,已不得不用他最残酷的手段,来与革命群众作最后的肉搏;同时,也更昭示着我们,坚决的用热血白骨来掩埋这反动统治!

下关的和记蛋厂,是英国帝国主义资本家仗着不平等条约来直接剥削中国工人阶级的一个机关,劳动条件,一向是非常酷辣的,特别是他三四月生意好,便加工人,夏季生意清,便关厂门的方法,更使工人在半年内是失业的,因此,工人最迫切的要求是停工工资照给,和增加工资。和记的黄色工会,同一切黄色工会一样,是资本家的好走狗,平时专门压迫工人,帮助资本家,在工人中是一些信仰也没有的。不久以前,在关厂期中,工人自动的成立了赤色工会,甚至把一个黄色领袖,几乎打死;自动的提出停工津贴,增加工资的要求。群众的威势吓坏了资本家国民党,于是他们便商议定了一个大阴谋:资本家叫国民党来出面说愿意接受工人条件,准定在四月三日正式开工。但一方面资本家国民党却准备一个屠杀工人的计划:第一,由厂方叫工头发上工证,要工人凭证入厂,对于那几个积极的工友,一概不发,以图无形开除;第二,雇用流氓打手,暗伏厂中,准备打死反对开除的工人和工人领袖,同时又叫公安局警察连同屠杀。

当赤色工会闻到资本家要开除大批工人的消息时,马上召集了会议,决定一律进厂,如果资方阻止,一齐冲进厂去,要求工做。四月三日那一天,工人果真去上工了,工贼来阻止进厂,工人不管,冲了进去,那时厂里埋伏着的打手呼啸而出,手持铁棒大刀,向工人迎头袭击,工人虽然头破血流,依然继续肉搏,毫不畏惧,同时,英国军舰的陆战队也全副武装上岸,国民党的武装警察,也奉命开到,把工人群众包围起来,乱打乱砍;这样的血战,继续到半点钟之久，结果是重伤工友数名，抬回家后就气绝身死了。其余被打破头的，被砍伤手的工友，更不计其数。

这个惨案激怒了南京的劳苦群众和革命的学生，和记的工人通过了一致的罢工，同时南京的自由大同盟分会号召各学校的学生，罢课示威援助和记工人罢工，并成立"四三"惨案后援会，一致反抗国民党帝国主义的屠杀。虽然国民党散布谣言说和记只有在业工人与失业工人的冲突，但事实却铁一般的在着，这种欺骗只有更激怒革命的群众。

四月五日早晨，学生都出发了，先在中央大学集中，然后向下关和记厂进发，准备汇合工人向英国领事馆去示威，沿途高呼"打倒帝国主义！""打倒屠杀工人的国民党政府！"等等的口号。国民党的军警，起初是用武装威吓，继而见群众声势愈来愈大，深恐得罪了他主人帝国主义者，立即下令武装兵警冲散示威队伍，但群众也一些没有退让，与之抵抗，结果又被捕了数人，受伤的十余人……这样国民党还不满足，进一步的追击示威群众，当在兴中门那儿，又是一次血肉模糊的搏战，徒手的群众，用赤手空拳，对敌着无情的刺刀枪尖，伤者甚多。

当南京工人群众和革命的学生与帝国主义国民党血战的消息传到了上海时，上海的革命群众怎样呢？他们的血沸腾了，他们不能容忍他们的兄弟惨遭敌人的屠杀，所以他们磨着拳擦着掌，立刻就动员起来了，他们要抗议，他们要援助他们同阶级的兄弟！

四月七日下午的南京路上，群众和潮水一样的汹涌着，沉痛的口号，雪花似的传单，号召着全上海的罢工，罢课，罢市！帝国主义动员了他们所有的走狗，侦探，巡捕，炮车，马队，全批出动，但在伟大的群众之前，只徒然显示了统治阶级的软弱！

四月八日上午，虽然下着雨，在七点钟那样早的时间，革命的青年战士已经在宁波同乡会门前等候着了，他们是准备着冲进门去，在与包探巡捕的对抗之中，去举行他们援助"四三"惨案的大会！大队的巡捕，迅雷不及掩耳的开到了，他们简直是发了疯的恶狗，挥动了他们的棍棒在群众中驰突着。群众为稍避锋锐，折入了北京路，准备冲入北京影戏院去开会，但在这里，还是有着巡捕，首先就把一个青年的战士抓住了，群众大怒，狂呼"打！打！"巡捕吓昏了，急得连忙抽出手枪来，瞄准着，但这并不能吓退群众，只有更激得他们一拥而上。这恶毒的巡捕立即扣动枪机，"拍，拍"的开放了，于是有一工人便应声倒地死了，被伤的一个。那时大批的巡捕也赶到了，混战的结果，又被捕数人！

这些就是"四三"和上海流血事件的本末。从这里我们可以看到：在反动统治阶级愈形动摇的时候，对工人阶级及革命群众的进攻也愈烈，然而同时，工人阶级与革命群众对他的回答，也跟着有力，跟着勇猛，日复一日的走向短兵相接相互肉搏的路上去！

这个流血的惨案发生后，国民党说是"死有余辜"，取消派说是"死得没有意义"。但是上海的南京的革命群众怎样呢？他们很明白，这不是偶然发生的，这始终是一课重要的功课，在他们热血沸腾着，与敌人生死决战的时候，他们已坚决的感觉到，这是两个阶级的不可妥协的斗争，只有不断的，你仆我继的斗争，斗争，斗争下去，一直到雅翻了帝国主义国民党的时候，才能真正报复了这口怨气！

全中国的劳苦群众，特别是青年的工农兵士学生群众，一定会认得这又是一笔记在帝国主义国民党名下的血债，他们决定了，时间一到，他们要血来偿还血呵！

流血吓不退革命，看看，到"五一"的时候，他们还要更坚决，更勇敢的搏战呵！

一九三〇年四月十日夜

【附启】以前的笔名"沙洛"，听说在反对派"龌龊的小刊物"《我们的话》上，也被用作一个署名，我不敢盗美，宣布此后不用了。

（原载 1930 年 4 月 10 日《列宁青年》第 2 卷第 11 期，署名徐白。）

写给一个哥哥的回信

亲爱的哥哥：你给我最后的一封信，我接到了，我平静地含着微笑的把它读了之后，我没有再用些多余的时间来想一想它的内容，我立刻把它揉了塞在袋里，关于这些态度，或许是出于你意料之外的吧？我从你这封信的口气中，我看见你写的时候是暴怒着，或许你在上火线时那末的紧张着，也说不定，每一个都表现出和拳头一般地有一种威吓的意味，从头至尾都暗示出：

"这是一封哀的美顿书！"

或许你预期着我在读时会有一种忏悔会扼住我吧？或许你想我读了立即会"觉悟"过来，而从新走进我久已鄙弃的路途上来吧？或许你希望我读了立刻会离开我目前的火线，而降到你们的那一方去，到你们的脚下去求乞吧？

可是这，你是失望了，我不但不会"觉悟"过来，不但不会有痛苦扼住我的心胸，不但不会投降到你们的阵营中来，却正正相反，我读了之后，觉到比读一篇滑稽小说还要轻松，觉到好象有一担不重不轻的担子也终于从我肩头移开了，觉到把我生命苦苦地束缚于旧世界的一条带儿，使我的理想与现实不能完全一致地溶化的压力，终于是断了，终于是消灭了！我还有什么不快乐呢？所以我微微地笑了，所以我闭了闭眼睛，向天嘘口痛快的气。好哟，我从一个阶级冲进另一个阶级的过程，是在这一刹那完成了：我仿佛能幻见我眼前，失去了最后的云幕，青绿色的原野，无垠地伸张着柔和的胸膛，远地的廊门，明耀地放着纯洁的光芒，呵，我将为他拥抱，我将为他拥抱，我要无辜地瞌睡于这和平的温风中了！哥哥，我真是无穷地快乐，无穷快乐呢！

不过，你这封信中说："×弟，你对于我已完全没有信用了。"这我觉得你真说得太迟了。难道我对于你没有信用，还只有在现在你才觉着吗？还是你一向念着兄弟的谊分，而没有勇敢地，或忍心地说出呢？假如是后者的对，那我不怪你，并且也相当地佩服你，因为这是你们的道德，这是你们的仁义；如果是前者的对，我一定要说你是"聪明一世，矇瞳（懵懂）一时了。"

为什么呢？你静静气，我得告诉你：我对你抽去了信用的梯子，并不是最近才开始，而是在很早，当我的身子，已从你们阶级的船埠离开一寸的时候，我就始欺骗你，利用你，或甚至卑弃你了；只可惜你一些都没有察觉而已！

在一九二七年春季！你记得吗？那时你真是显赫得很，C总司令部的参谋处长，谁有你那末阔达呢？可是你却有一次给我利用了，这是你从来没有梦想过的吧？自然，这时我实在太小，太幼稚，这个利用，仍然是一种心底的企图，大部分都没有实现，尤其是因为胆怯和动摇，阻碍了我计划的布置，这至今想起来有些遗憾，因为如果我勇敢地"利用"你了，我或许在这时可以很细小的帮助一下我们的阶级事业呢！

"你这小孩子，快不要再胡闹，好好地读书吧！"你在C总司令部参谋处里，曾这样地对我说。

"这些，为什么你要那末说呢？我不是在信中给你说过了吗？"我回答。

"但是，"你低声地说："我告诉你，将来时局一下变了，你是一定会吃苦的。"

"时局要变，你怎末知道呢？"

"我……怎末不知道？"

"那末，告诉我吧！"我颤抖了，那时我就在眼前描出一幅流血的惨图。

"你不要管，小孩子，我要警告你的是：不要再胡闹，你将来一定要悔恨……"

那时，一位著名的刽子手，姓杨的特务处长进来了：他那高身材，横肉和大眼眶，真仿佛是应着他的名字，真是好一副杀人的魔君相，我悸慄着，和后来在法庭中见他一眼时一样的悸襟。

你站起了说：

"回学校去吧？知道了吗？多用用脑子，多看看世面！"

我颤战着，动摇着走回去，一路上有两个情感交战着：我们的劫难是不可免的了，退后呢？前进呢？这老实说，真是不可赦免的罪恶，我旧的阶级根性，完全支配了我，把我整个的思维，感觉系统，都搅得象瀑下的溪流似的紊乱，纠缠，莫衷一是。

一直到三天后，我会见了 C 同志，他才搭救了我，他说：

"你应该立即再去，非把详情探出来不可！"

"是的。"我勇敢地答应了。

可是这天早晨再去见你，据说 C 总司令部全部都于前一夜九点钟离开上海了！我还有什么话呢，就在这巍峨的大厦前面，我狠命的拷我自己的头。

过了一夜，上海便布满了白色的迷雾，你的警告，变成事实来威吓我了。

到后来，你的预言，不仅威吓我，而已真的抓住我了：铁的环儿紧扣着我的手脚，手枪的圆口准对着我的胸口，把我从光明的世界迫进了黑暗的地狱。到这时候，在死的威吓之下，在笞楚皮鞭的燃烧之下，我才觉悟了大半；我得前进，我得更往前进！

我在这种彻悟的境地中，死绝对不能使我战栗，我在皮鞭扭扼我皮肉的当儿，我心中才第一次开始倔强地骂人了：

"他妈妈的，打吧！"

我说第一次骂人，这意义你是懂得的，我从小就是羞怯的，从来没骂过人呢！

同时我说："我还得活哟，我为什么应该乱丢我的生命，我不要做英雄，我的生命不是我自己可支配的。"所以我立刻掏出四元钱，收买了一个兵士，给我寄一封快信给你；这效力是非常的迅速，那个杀人不眨眼的人虎，终于也对我狠狠地狞视一会，无声地摆头示意叫他的狗儿们在我案卷上写着两字：

"开释。"

这是我第二次利用你哟。

出狱后，你把我软禁在你的脚下，你看我大概是够驯伏的了吧，但你却并没知道我在预备些什么功课呢？

当然，你对待我，确没有我对待你那样凶，因为你对我是兄弟，我对你是敌对的阶级。我站在个人的地位，我应该感谢你，佩服你，你是一个超等的"哥哥"。譬如你要离国的时候，你送我进 D 大学，用信，用话，都是鼓励我的，都是劝慰我的，我们的父亲早死了，你是的确做得和我父亲一般地周到的，你是和一片薄云似的柔软，那末熨贴，但是试想，我一站在阶级的立场上来说呢？你叫我预备做剥削阶级的工具，你叫我将来参加这个剥削机械的一部门，我不禁要愤怒，我不禁要反叛了！

D大学的贵族生涯，我知道足以消灭我理想的前途，足成为我事业的威吓，我要以集团的属望来支配我自己的意志，所以我脱离了，所以我毅然决然的脱离了，也可说是我退一步对你们阶级的摆脱。

但我不是英雄，我要利用社会的剩余来为我们阶级维持我的生命，所以我一，再，三的欺骗你的钱，来养活我这为我企图消灭的社会所吞噬的生命。

我承认欺骗你，你千万别要以为我是忏悔了，不，我丝毫也想不到这讨厌的字眼！我觉得从你们欺骗来一些钱，那是和一颗柳絮给春风吹上云层一般地不值注意的。你们的钱是那儿来的？是不是从我们阶级的身上抽刮去的？你们的社会是建筑在什么花岗石，大理石上的？是不是建筑在我们阶级的血肉上的？虽然我明白，欺骗不是正当的方法，我们应该用的是斗争，是明明白白的向你们宣言，我们要夺回你们手中的一切！但是，即使是欺骗，只不过是一个不好的方法，绝不是罪恶！

我说了这一大篇，做什么呢？我不过想证明给你，你到现在才说对我失了信用，是已经迟到最最迟了。

最后，我要说正面的话了：

哥哥，这是我们告别的时候了，我和你相互间的系带已完全割断了，你是你，我是我，我们之间的任何妥协，任何调和，是万万不可能的了，你是忠实的，慈爱的，诚恳的，不差，但你却永远是属于你的阶级的，我在你看来，或许是狡诈的，奸险的，也不差，但并不是为了什么，只因为我和你是两个阶级的成员了。我们的阶级和你们的阶级已没有协调，混和的可能，我和你也只有在兄弟地位上愈离愈远，在敌人地位上愈接愈近的了。

你说你关心我的前途，我谢谢你的好意，但这用不着你的关心，我自己已被我所隶属的集团决定了我的前途，这前途不是我个人的，而是我们全个阶级的，而且这前途也正和你们的前途正相反对，我们不会没落，不会沉沦到坟墓中去，我们有历史保障着：要握有全世界！

完了，我请你想到我时，常常不要当我还是以前那末羞怯，驯伏的孩子，而应该记住，我现在是列在全世界空前未有的大队伍中，以我的瘦臂搂挽着钢铁般的筋肉呢！我应该在你面前觉得骄傲的，也就是这个：我的兄弟已不是什么总司令，参谋长，而是多到无穷数的世界的创造者！

别了，再见在火线中吧，我的"哥哥"！你最后的弟弟在向你告别了，听！

一九三〇，三,十一晨。

（原载 1930 年 5 月《拓荒者》第 4、5 期合刊，此期又名《海燕》，署名
Ivan。）

暴风雨的前夜

——公共汽车电车大罢工

在伟大的"五一"之前,上海公共汽车及公共租界电车的工友,英勇的爆发斗争了!

坚决的公共汽车罢工,发动了已有四五天,资方虽然用尽欺骗、压迫、利诱、威胁的方法,利用白俄破坏,散布停车三个月的空气,但无论如何总冲不破工人阶级坚固的阵线!工人群众,一齐在共产党的政治领导之下,在赤色工会的组织之下,始终不屈的与资本家、走狗、国民党、取消派、工贼作坚决的斗争,争持其最后的要求!这个勇敢坚决的斗争,必然是号召全上海以至全中国工人阶级起来冲破反动统治阶级压迫的信号!

果然,公共租界的电车罢工了!

在四月二十五日早晨,工人群众公开的在杨树浦厂门前举行群众大会,虽然在三道头 [1]、洋走狗的森严包围之中,群众毫无畏惧的宣布罢工,高呼口号;当时有几个巡捕,把两个工友拉了去,但群众立刻把他们夺了回来,声势汹汹的责问:

"我们要罢工加工钿,关你什么事?"

"好,好,不要紧,只请不要哗啦哗啦的叫……"

走狗唯唯的屈服了。这表示什么呢?这表示,工人的团结足以打破白色恐怖的暴压!

公共汽车与英电车的罢工,无疑的推动了整个上海的以至全国的工人阶级,在一致纲领下,来为要饭吃、要自由,而奋勇作战!

这两个罢工不但会成为推动全上海政治罢工,走向"五一"大示威去的动力,并且必然是给全国工农群众的一个信炮,要号召全国的劳苦群众,在"五一"的总斗争中,一齐动员起来向反动的帝国主义与国民党军阀的联合

---

[1] 三道头:上海租界的外国警察的头目,臂章上有三道装饰线,因此被称为三道头。

统治斗争，一直通过红色五月，积极准备着武装暴动，夺取政权！

不但是这样，这个伟大的斗争还有其世界的意义，这是援助日本东京神户的电汽罢工的一个有力的呼声，这是准备全世界红色"五一"总示威的一支火箭！

青年的兄弟们，我们是处在暴风雨的前夜了！我们的热血应准备着沸腾呵，我们的拳头应准备着斗争呵！我们要广大地动员起来，团结起来，斗争起来，以斗争来援助我们公共汽车及英电的兄弟，以斗争来争取我们特殊的利益——六小时工作制……——以斗争来准备红色"五一"的总示威，以斗争来和着成年的哥哥一同为推翻帝国主义国民党反动统治建立苏维埃政权而努力！

作战呵！兄弟们，暴风雨要到了，准备起来作战呵！只让取消派去疾首痛心地埋怨我们吧，我们是要向前去，大刀阔斧的杀向前去呵！我们要从"五一"到"五三"[1]，"五三"到"五四"、"五九"[2]，直走向"五卅"、"八一"去哟！

动员起来呀！

一九三〇年四月二十五日

（原载 1930 年 5 月 1 日《列宁青年》第 2 卷第 12 期

《五一特刊》，署名莎菲。）

---

　　[1] 指"五三惨案"，又称"济南惨案"。1928 年 5 月，日本借口保护侨民，派兵强占济南、青岛及胶济铁路沿线，意欲阻止国民革命军北伐，紧接着虐杀交涉员蔡公时，进攻国民革命军驻地，在济南屠杀民众，一万七千余中国民众被杀，二千余人受伤，五千余人被俘。

　　[2] 1915 年，日本提出灭亡中国的"二十一条"。5 月 9 日，袁世凯表示接受，因此有了"五九国耻日"。

给姊姊徐素云的一封信

素姊：

上次写给你的信，大概已经收到了吧？我等着你的回信，真是比等什么爱人的信，还要迫切呵！姊姊，我真想用一切方法来向你表示我目前的困境：

我工作是忙碌的，在整天的太阳火中，我得到处奔跑！但是天哪，我所有的只是件蓝色爱国布大衫，两件厚布的衬衣，你想我怎样过得这夏天呢？所以我迫切地请求，给我想法十元或十五元的钱吧！我没有办法再可以想了。

听说你和母亲要去南京，怎末还没有来呢？我的意见是：近来时局太坏，南京又不是什么太平地方，最好还是不要去，这笔旅费倒还不如让我做件夏衣呢！（再：夏布衫及衬衫已在去年为恐怖[1]所吞没，所以没有了，附告）

今年秋，或许有去莫京[2]希望，时间很短，半年即回的，完了，祝你和母亲　好

白[3]

七／七[4]

---

[1] 指 1929 年夏第三次被捕的事。

[2] 莫京：莫斯科。

[3] 白：殷夫儿时的小名。

[4] 1930 年 7 月 7 日。

过去文化运动的缺点和今后的任务

全世界统治阶级的矛盾，动摇恐慌，崩溃，和全世界阶级斗争（包含帝国主义和苏联的对立）的激烈化，都预言着未来的剧战的临到，这必然是人类历史上最大，最激烈的一次斗争。在这斗争中，最后的最革命的无产阶级很显然担负着把全世界资产阶级埋葬到坟墓中去，要完成它解放自己，同时也就是解放全人类的任务。

在这个世界革命的高潮之前，我们应该怎样坚决的负起这伟大的使命来哟！我们应该怎样在各方面准备着，武装着自己，协助这伟大斗争的成就呵！我们要毫无惧惮的领导群众，以铁、以血来与帝国主义，国民党各派，资产阶级，封建残余作战，同时也要武装我们的思想，在意识形态的分野中，获得我们全盘的胜利——我们也要推动我们的文化运动。

文化形态，都不过是经济基础的上层构造，这是唯物史观告诉我们的真理，我们丝毫用不着怀疑。但我们不是机械的唯物论者，我们深切地了解上层构造与经济基础所起的辩证法的作用，经济基础的改造毫无疑义可以影响到文化形态的转变，文化斗争的浪潮也可以促进社会机构的变革。

随着民族资本主义之兴起而来的五四运动，虽然因为阶级基础的不稳固，随着帝国主义侵略的恢复而分化，消沉，但它无疑的是一个伟大的启蒙运动，热烈的五卅，和一九二六——二七的大革命都是从它发展下来的浪潮。

不过，五四运动始终是一个失败的运动。它的没有很好的成果，也不能专责民族资产阶级后来的叛变，正和革命运动一样，主观上的错误，也是造成这个失败的主因。

历史是不停地向前发展的，不能理解这点便是前期文化运动与整个革命运动共同的缺点。在五四以后，阶级的分化愈形明显，在整个革命运动中和文化运动中都呈出对峙的现象。这是不能否认的事实，然而，正和整个革命运动一样，在文化运动的分野中，能负起完成这个革命的阶级意识，没有坚决地起来争取领导的权能，没有毫不客气的把握着革命的意识，而给与动摇着，幻灭着的思想以最严刻的批判，这是最大的一个错误。

我们知道：中国革命的基本任务是打倒帝国主义与彻底完成土地革命。而能完成这个革命的阶级只有是工农阶级。前期的革命运动，没有认清这点，致遭了民族资产阶级的叛变，受一打击。前期的文化运动，也只有模糊的做到文学革命的地步，而没有进一步去做到意识的斗争。

到了一九二七年末，一九二八年初，和整个革命运动一样的快，这个错误是相当改正了。但立刻跟着而来的是，和整个革命运动中的盲动倾向一样，是一种毫无内容，不切实际的口号运动。幸而这个错误，没有支配多少的时日。

那时期的主潮是无产阶级文学运动，这个口号的提出，虽然有些过于忽略思想斗争的倾向，但是并不错误；所可惜的是：所谓无产阶级文学，内容是十二分的空虚，所有的只是几个口号的排列，几个单调的叫喊！这不能不算是第二次的错误。

这个错误不久也渐渐改正了，文化运动的主要任务，正确地归向到思想的斗争，唯物史观，社会科学理论的介绍，反动思想的克服，都有相当的成就。缺点是有的。这是：文化运动只成为一种上层的运动，意识的争取大多数没有深入群众；文化运动不能与工农、学生实际斗争联系起来，因此就缺乏了一种战斗的活力。

现在，摆在我们目前，是一个新的前途。我们的革命运动已经正确地在新的路线上执行，我们的文化运动也不能不重新确定我们基本的任务与战术。

现在摆在文化斗争阵地上的应该是下列几个实际的任务：

一、实行尖刻的思想斗争——这是一个最基本的任务。对于一切的反动思想，从封建时代遗留下来的宗法礼教，迷信邪说，一直到拥护剥削制度的唯心论，资产阶级的自由主义，欺骗群众的三民主义，国家主义，无政府主义，改组派，第三党的反动理论，以及一切破坏革命的托洛斯基主义，机会主义，我们都要毫不客气的用革命的马克思列宁主义，加以严厉的批判，我们要坚决的，一步进一步的给他们斗争，一定要使他们在群众面前，彻头露骨的暴露出他们反革命的面目来。

二、运用马克思、列宁主义的方法来研究中国的问题——紧接着思想斗争而来的，我们就有这样一个任务。我们不但要把各派反动的思想，不客气的克服，并且在建设方面，我们不能不用着马克思、列宁主义的思想方法，来整理，考研中国的各个问题，使中国的特殊问题，也在革命的辩证法唯物论的理解之下，有正确明了的答复。这不消说是一桩最艰苦的工作，比翻译几本唯物史观的理论书籍，更加繁重，但这却绝对不是我们应该畏缩回避的理由。客观上的必要不能不由我们不把这重任负起。如中国社会史的分析，中国农民问题，民族问题，土地问题，阶级问题，等等的正确解答，都是我们主要的工作内容。

三、继续介绍革命的理论——继续介绍革命的理论，我们还是必须要做的。假使我们不学习，不获得正确的理论，则我们的思想斗争和中国特殊问题的理解，都将无从着手。我们必须要加紧马克思列宁主义的介绍，各国革命经验的学习，这样方才能够更保证我们胜利的迅速。

四、教育青年工农——在先前的文化运动，只注意于一般知识分子的群众，在青年工农群众之中，丝毫没有影响，这是一个严重的缺点，必须与以立刻的补救与纠正。今后的文化运动应该与教育青年工农的运动结合起来，只有这样，才使文化运动的意义，深入到广大劳苦群众（中）去。

五、建设革命的文艺——我们不否认文艺的伟大作用，它是诉诸情感与直觉的最有效果的东西。在整个的文化运动之中，文艺是一个极有力的武器。所以，我们第二个实际任务，应该是"建设"（注意——不是提倡）革命的文艺——无产阶级的文艺。（不消说，这建设的途中，依然不能放松对反动文艺如所谓三民主义的文艺等的斗争。）

六、介绍苏联的工农生活状况——在政治上，目前一个刻不容缓的急务是：武装拥护苏联。在协助政治上完成这个任务时，文化运动须注意于苏联工农及青年生活的介绍，使一般的工农都知道苏联的社会内容。

要完成这些任务，我们必须：

一、勇于自我批判——因为我们是必须与敌人斗争的，因为我们是必须建设革命的文艺的；所以自我批判是十分的必要。我们不怕在斗争中犯了错误，但怕的是我们不能勇敢地改正这个错误，这必然会动摇我们自己的路线，而给敌人以进攻的机会。在过去，这种精神的缺乏，也是一大缺点。譬如有人攻击无产文学为口号标语文学，而我们固执的不肯与以承认，这是不好的。我们为什么不承认自己的缺点呢？我们只要能想法把这缺点克服，那就是我们的胜利了。

在这里，我们还可附带地指出一个极严重的工作上的错误来。这是必须加以纠正的。在过去的经验中，做文化运动的人，不但没有把任务看得很清，并且有一种极端的忽视的倾向，如拿翻译理论书籍来说，译者往往不能很忠实的把这理论介绍过来，反而常常犯着很大的错处，不知加以纠正。这种影响非常之大，是不能不注意的。

其他如观点的错误，理论的含糊，过去都只会掩饰，而不加以克服，这是要不得的，象在一九二八年，创造社掩蔽着创造社的错误，太阳社讳言着太阳社的缺点，这不用说是工作上的重大错误，也是一种没有以阶级为立场的意识的表现。

二、文化运动要与实际斗争密切结合起来——在这点，我们的意见是文化运动应视为实际斗争的一部分，有密切关系的部分。做文化运动的人，也即是参加经济斗争，政治斗争的人。文化斗争的内容不应该单是思想和文艺，并且也是活生生的生活！在过去，有一部（分）知识分子，自以为是革命的文化运动者，然而却舍不了眼镜，脱不下大衣，虽然会向工农去说："你不要怕我，我是耍来接近你了，和你谈谈了，我大衣是旧的，眼镜是近视眼镜，不能拿下来……"，然而这都是要不得的。因为你仍然不能接近，不能深入工农群众去。今后的文化运动者，不但应该毅然地脱下大衣，拉了眼镜，到工农中去，并且要积极地做他们最忠实，最勇敢的朋友，和他们一起呼吸，和他们一起争斗。

有一部分小资产阶级分子，因为畏惧实际斗争，怕做艰苦的工作，便自动的投到文化运动的旗下去呐喊几声，自以为这是既安全又革命的妙计。这里我们必须注意：没有以实际斗争为基础的文化运动，是过去了，是失败了。我们再不能沿这条泥路走去。我们要了解，真正的文化运动也无疑是一桩艰苦的实际工作，而且只有与实际斗争连结着的文化运动，才能完成目前阶段的任务。

三、与合法运动倾向奋斗——过去文化运动，还有一个合法运动的倾向。这是很不好的。文化运动要完成它的任务，和革命运动一样，不可避免的有它的障碍与压迫。我们如果在这种压迫之下，为了争取公开的活动就降低了我们的口号，掩盖了我们的面目，这不仅不能得到效果，而且必然是一个极大的错误。我们应该这样理解，一切的反动统治势力，都是要在马克思列宁主义，辩证法唯物论底下战栗的东西，一个革命的文化运动，每一步都是他们的恐惧，都一定要引起他们的压迫的，合法根本就是不可能的。如果把口号降低，面目掩遮，则又何异为反动思想作护符呢？这在过去，是很明显的一个缺点，今后是必须克服的。

四、力求群众化——这也是一个严重的问题。如果要使文化运动深入群众，这点是非改正不可的。在过去，我们看一般做文化运动的人，满口是"奥伏赫变"，"战取"，"意德沃罗基"，"布尔乔亚"，"普罗列达利亚"……不一而足，笔下也都是诗意葱茏，做得又温雅，又漂亮。可惜这种文章，连中等以上的学生都看不大懂（现在有许多所谓无产阶级文艺，势必要无产阶级的博士才看得懂），奈何？至于翻译，尤其是诘屈聱牙，莫名其妙了。此后这点必须厉行转变，要使文字上做到群众化。其次，文化运动中的文学运动，戏剧运动，本来是一种有力的利器，可惜在过去，这些都是一些阶层的运动，不但文学运动完全只号召一部分学生知识分子，就是戏剧运动也没有在工农群众中做过些工作，这是不行的，今后须努力求其群众化。

五、注意国际的连系——文化运动与整个革命运动没有两样，是不能由孤军来奋斗的，今后的文化运动应该注意到国际的连系，这样，积极的，可以获得许多同战垒的友军的帮助，消极的，又可以免去许多错误的发生。

一九二九，十二，二十二日。

（原载 1930 年 1 月 1 日《列宁青年》第 2 卷第 6 期，署名沙洛。）

辑 四

格 言[1]

生命诚宝贵，
爱情价更高；
若为自由故，
二者皆可抛！

（原载 1933 年 4 月 1 日《现代》第 2 卷第 6 期，

鲁迅《为了忘却的记念》中录入此诗。）

---

[1] 原诗《自由与爱情》，作者裴多菲，是匈牙利文的六行格律诗；滕尼斯译成德语时改成四行格律诗，题为《格言》。殷夫根据德语版译成中文。

Petoefi Sandor[1]诗九篇

黑面包

你在忧烦，我亲爱的小母亲，
只因为你的面包那样粗黑？

虽然，你的儿子确曾，
确曾有更白的面包吃吃；

但，即使黑色，味儿也好，
只要从充满爱的人们，得到。

请信我哟，我的小母亲，
黑的面包，更有味道，

只要是在故家制成，
远胜客乡白的面包。

在野中

荒野上，黑暗笼罩，
路途儿，左颠右倒；
我错乱地向前游行……
谁哟？谁给我点破迷津？

茫茫的苍空中心，

---

[1] 裴多菲·山陀尔，匈牙利诗人。标题字母有误，应为 Petöfi Sándor。

我瞟见那闪烁明星；
但我还是迷离地向前，
何时我才信任这些光影？

美女郎的明眸幽睛，
远胜过星儿的光明，
我曾寄托过虔诚的信仰，
它却骗走了我的幸运。

酒　徒

一钟千愁消，哟！
我生命幸福地流进，
一钟千愁消，哟！
狂歌笑骂你——不幸！

请君哟，且莫惊讶，
我礼赞的惟是酒神，
惟有在，在他的脚下，
我把我心儿献敬。

乘着酒的火般热情，
我把你，硬心的人世，嘲弄；
你泛着洪流样的烦闷，
残酷地围我周遭，浮动。

酒哟，教我歌唱，
喉头狂放诗的音响，
酒哟，教我遗忘，
遗忘你这负心的女郎。

若一旦哟，末运来临，

我突向死的苦酒——
还有一滴！我纵笑倾倒，
埋葬在你冰的"胸口"。

我要变为树……

我要变为树，假使你是花，
假使我是花，你要变成露，
若是我为露，你为日之光；
我俩同誓约，此生长相顾。

假若你，女郎哟，你是苍天，
我愿变为星星，在空中放光；
假若你，女郎哟，你是地狱——
那我也要沉沦，和你厮傍。

听哟，那迷人的……

听哟！那迷人的声音！
许是谷底的暮钟，
发自那虔诚的乡村，
诱人走向神座祈颂？……

怎么，或竟发自我的心底，
提醒了我过往的爱情，
我青春花期的嫩蕾，
她的死亡伤我柔心？……

生与死

呵，幸福哟，谁能够
承得命运的贵手？——
生为爱情生为酒，
死——为祖国抛轻头！

我的爱情——不是……

我的爱情——不是一只夜莺，
当朝光灼赤时惊醒吟唱，
以她甜蜜的歌喉震动世界——
玫瑰似的在旭日吻下展放。

我的爱情——不是一座蒙茸绿林，
中有白鹅，浮在谧静的池面，
雪样的皓颈，浴染月辉，
月辉在泛泛的涟漪上颤闪。

我的爱情——不是一座沉穆的小屋，
花园样地锁闭着和平，
慈母般的"幸福"，这小女妖哟，
时时进出，创造"欢欣"。

我的爱情是一片荒凉的旷野，
潜匿的嫉妒有似盗贼；
他的剑，疑虑的狂情，
千重的创伤是他的刺击。

原野有小鸟

原野有小鸟，
园圃栽小花，
苍空有星星，
青春有爱人。

鸟儿歌唱，花儿展放。
星星的微光沾染人寰，
女郎歌唱，开花，又闪光。

赐给人人，以幸福花环。

然而小花终将萎谢，
鸟儿远飏，星失色，
只有你不认季节，
爱的幸福，永不熄灭。

雪哟，大地的……

雪哟，大地的殓衣，——
整个夜里，
下降霏霏，
有力地。

冷冷凄凄，
太阳的光烈，
忧郁地
向荒野寒谷睥睨。

哟，茫茫，上帝的园庭，
惟有爱台尔珈[1] 的坟茔，
半片雪影
也难寻。
并非日温，
才把雪花溶吞，
这只由泪光的火星，
我悲哀地哭泣——消解严冰。

　　这几篇短诗，是在极不安定的生活中，硬压心头地译出来的，选择
也十分偶然，并不能算 Petöfi 的代表作品。要是我生活还有安定的日子，

---

[1] 爱台尔珈，Etelka，为 Petöfi（裴多菲）第一个爱人，早逝。——作者注

那我想集本小册子，献给中国。只是我不懂匈牙利文字，德文程度又不十分高明，读者的指教，是万分地切盼着的。

白莽志于穷愁病梦四骑士的困扰之中，

一九二九……。

（原载 1929 年 12 月 20 日《奔流》第 2 卷第 5 期《译文专号》，署名白莽。）

青年的进军曲

伟大的公社，光明的火焰！
劳动者点燃，照耀世界；
这火焰在我们青年的胸中，
也爆发了烈火灿烂。
对前辈的伟大英雄，
无产阶级生活的创造者，
和带来光明的战士——
都给以兄弟的礼赞！

在老年人是风暴，在我们——
漫漫长夜后的光明；
我们是工人和农民的青年，
前进，前进，前进，前进，前进！

当我们和着他们共同
高唱壮雄的胜利歌声，
我们要从疲乏颤抖的手中，
取过红旗傲然高擎！

现在可毫不犹豫惊恐，
坚决地进行彻底的斗争。
哈，描在我们的胸中，
是青年的生活，前程！

在老年人是风暴，在我们——
漫漫长夜后的光明；

我们是工人和农民的青年，

前进，前进，前进，前进，前进！

（原载 1930 年 3 月 20 日《列宁青年》第 2 卷第 10 期。

无原作者署名，仅署沙洛译。）

一个青年女革命家的小史

——Stoya Markovich的自述

我生在巴尔干的一个可怜的小城——（蒙德尼格罗）——里。小孩时，我进了乡村的小学，在那里修了业之后，我便跟家人一道在田里工作。

大战起时，不幸就降落在我们身上：我父亲被迫上前线去打仗，受了伤回来；我们的牲畜也被无理的没收去了，所以我们常常挨饿，不能挣得一些小钱，耕种的方法又十分的退步，可说真是没有一点办法的。这次的战争给我很深的印象，但我当时一些也不能说明它的原委。对这种恐怖的解释，我也听人家说是"为了祖国"或"为了基督"的缘故。

在一九一四年，我的一个叔父从俄国回来；他生在本乡，但从小就往俄国去了的。战争爆发后，沙皇政府命令他回国来参与战争，所以他便回来了。他公开的对农民宣布：这次战争是帝国主义的战争，是为了资本家和地主的利益而战的战争！他的宣传，达到了蒙德尼格罗的政府，政府马上派了侦探，追踪他，秘密的暗杀了他，而却宣言说他是自刎了的。

战争终于到了一个结束，但它的血图却深印在我的记忆上，永不能拭去；并且，新的灾难还是缠绕着我们。蒙德尼格罗被并入了塞尔维亚，于是我们便在塞尔维亚的资产阶级和王朝的统治之下了，因为蒙德尼格罗人与克罗特人，斯拉夫人，大尔马底人，马其顿人一样，是该作为民族的少数的。民族的少数是该受压迫，并且也非常的穷困，所以才有一九一九，一九二〇，一九二二年的农民暴动发生。但塞尔维亚资产阶级的政府，遣发军警来屠杀革命的农民，放火焚烧乡村的农舍，把参加暴动的亲戚也捉来坐牢，给以虐待，暗杀，这些，在我们心中，燃起了愤怒的火焰！

当其间（一九二一年），我另一个叔父，武加星·马可维其博士，从苏联回来了；他是一个老布尔什维克，所以他一到，便教导农民，为什么和怎样去作战。因为他的宣传，敌人欲得之而甘心，幸而他逃避了，窜入森林，遂成了一位游击队员。许多农民都拥护他，和反动军队时常作战。因为我叔父和兄弟都参加了游击队，所以警察把我们全家下狱，他们用严刑来拷打我，想从我口中得知这些共产主义者的匿处，但都无效果。后来，我决定越狱；一自由之后，我立刻拿了来复枪，加入游击队，和这些资本家的保护者和奴隶们奋勇作战。从一九二一年的十月起至一九二二年的五月止，这七个月里我一直不间断的在游击队里服务。直至最后，一九二二年五月二十八日我们五个同志与五百军警打了一仗，我和我十七岁的弟弟，都受重伤，遂被逮捕。他们叫我们披锁带链，送我们进牢监去，严密的囚禁起来，监狱的情形真是不堪，非常的可怖：肮脏的粗劣的食物，还加以拷打和虐待！我们被关了三年又半的辰光，不曾审过一次，直到一九二五年的十一月，方才开审，结果是，我们被每个都判处十五年的徒刑。

判决令一下之后，我就开始一个新的越狱的准备了——这次是假装作一个警士。这预备费了我两个月的工夫，那些看守我的宪兵，天天检搜我，也找不出什么破绽。我在外的兄弟又给我拿进了一双靴子，和一套衣服。所以到一九二六年二月六日那天，一切都弄妥了，我便从牢狱中逃了出来。不过只有十五天的自由，我立刻又被捕了，被放入同个牢里去。这次审判的结果是：我与弟弟都改判为二十年的徒刑。判决后，我立即被送往克罗底的阿克拉牢狱里去，我弟弟被送往波司尼亚。可怜他现在还在那里憔悴着，只日日盼望革命的到来，去恢复他的自由呀！

我在阿克拉牢里，过了十五个半月，这期间，逃亡的盘算占据了我的胸膛，但我却不能与同志发生关系。直到最终，我终于由秘密通信的方法，得与我另一个自由的兄弟发生关系了；他跑到牢狱里来，为我商议逃狱的方法。在一九二七年的八月十二日，我终于重得自由，我跑向苏联去了。

到苏联时，我生着病，几乎是瞎去了，因为在这资产阶级暗牢中的五年，把我完全毁坏了，使我几至不能动弹。幸尔苏联的同志，和赤色济难会帮助了我，送我去休养，所以我在一种友爱的无产阶级环境中，完全恢复了康健，我现在可以研究读书了。

在这短短的，一千多些字的小文中，我们看到了一个多末勇敢的女子：她受苦，她作战，她逃狱，并且她思想！这是新时代妇女的典型。译者因为看见中国的妇女，只知抹脂涂粉，只知华衣美食，只会唱《毛毛雨》，比之这位斯都霞，不知要惭愧到如何地步啦！所以我不管

这篇文章的简朴，没有文学气，就大胆的把她译出来。为的是要请中国的妇女也来看看别人，想想自己。英译文载维也纳出版的《国际通信》（International Press Correspondence）第九卷，二十九号上。

译者附记

一九二九年八月十六日

（原载 1929 年 11 月 20 日《列宁青年》第 2 卷第 4 期，署名徐白译。）

彼得斐·山陀尔[1]行状

奥国 Alfred Tenies 作

一

这篇文字是讲述一个出于美丽的国土 Magyar[2] 的诗人和勇士的。他的一生充满着天才的苦斗,不幸,失意的恋爱和勇敢的战争。

关于彼得斐的幼年,可讲的很少;就是他的生地,也很可以置疑,而且又不如荷马的事件一般,有七个城镇围着他,却并不互相争夺;只是 Kis-Koros 和 Felegyháza 两处都不肯放弃作为这诗人的故乡的光荣。

他生于一八二三年的第一天,他的诞生一方面给他父母以喜悦,而同时也给他们以烦乱。父亲是一个小康的屠户;因此他希望他儿子能继父业,然而他的母亲却不然,她对于她的小宝贝是另有打算的,这位 Petrovics[3] 夫人预计——她的预计没有错——她的儿子此后应该照着他的天赋去发展,所以在一八二九年的时候,她便叫他别了故家,独自到 Keoskemét "学习"去了。不过这年仅七岁的活泼孩子,并没有在那种生疏环境中住得多久,他父母,在一种悲惨的情况之下,也来 Keoskemét 了。因为他们在老家,财产给"无义之友"骗光,并且天灾继至,洪水,这匈牙利的国灾,又把他们剩余的一部统统毁坏了;命运似乎非使良善人们彻底破落是不息的,深经了忧患的父亲不得已,就把他的山陀尔送到 Selmez 去;但这地方,对于彼得斐,实在是不幸的穷门呵!

不幸!……这个小小的字儿,里面蕴蓄着多少可怖的气氛呀!有钱的人给与它以冷漠的讥嘲,聪明的人惶恐地视为经常威胁着的灾祸;但贫穷的人们呢,他是被它侵袭着,然只有暗弹悲泪,低声呻吟罢了!

---

[1] 即裴多菲·山陀尔。

[2] Magyar:马扎尔,指匈牙利民族。

[3] Petrovics:彼脱维克斯,彼得斐的父姓。

然而彼得斐却很勇敢地把一切的不幸担当起来。他在节制食欲一方面，也用了殉教者的勇气。虽然他的胃肠是不时地发着辘辘的饥鸣，但他却激昂地，迅速地学习了忍饥的方法。这个天赋给德国诗人的本领，也磨练着这匈牙利诗人了。

不久，他十四岁了。现在他灵敏的耳朵上，除了"愚笨的教员"的声音之外，反响着另外一种和谐的音韵了；他幼稚的灵魂张开翼子来，在时空中高高地飞翔着了。在日里，他注视着云朵，那在天空轻盈地漂浮着的云朵；在晚上，他望着牧人的野火；星和月在海样渺茫的原野上闪耀，有如展开于他目前的永久一般！……忧郁地他倾听着流浪人的琴声，铜钹的噪音，跃马迎主时快乐的嘶鸣。他倾听着民众的精神了；他是他们的儿子，他们未来的有灵感的申诉者呵！纺织机旁的故事，牧童队中的歌唱，都是十分的美丽的！……

坠在他脚下的落叶，能引起他精细的静观，还有那烟霭，也被他同情的碧眼，视为小小的爱人！苏格兰人 Burns[1] 歌咏营巢的田鼠，彼得斐却歌颂忧伤的鹳鹤，称他为牧场的守者，运命的象征。在诗歌里，他礼赞她同发亮的"金甲虫儿"。

当一个"逍遥的"剧团来到 Selmez 献艺的时候，他热烈的幻想又获得新的食料了。这些优俳，这些"生命的浮浪者"（此处引用 Ada Christen 的形容词），完全是别一种人，不同于山陀尔所习见的。他们日里穿着破碎的衣服在各处跑，但一到晚上，他们却穿起丽都的衣服，戴起眩耀的珠饰，加上武士的头盔或皇冠朝帽来了。只要魔术似的一霎，男人变成了武士和贵胄，原来扮皇女的女子便变成王后或牧羊女郎了！这一时令人悲泣，一时引入发喙的神话般的梦境，虽然是装扮的，虽然是串演的，但对于他的脑，这些都是何等的真实呵。也难怪他每天不再上学校，而专往戏场；把古典的书籍抛开，而到"女艺员"的那么美丽，清醒，迷人的秋波中去读古代的悲剧了。也难怪他羞避了他死用功的同学们，而愿去和一般梨园的情人和武士称兄道弟，说亲昵的"你"（du）字了！

诗人也想到过他自己的前途；不过这和他同住在 Selmez 的好人的想法是不同的。那位好人曾写短信给他父亲 Petrovics 说，山陀尔不但是一个懒

---

[1] Burns：Robert Burns，罗伯特·彭斯，苏格兰农民诗人。

学生，并且是一个夜游神了。不久，父亲来了回信．非常严重的谴责他。这使这自尊的，热血的，开始要自己估量前途的青年觉得不能忍耐，他终于在一个冷的二月的早晨，逃出 Selmez，而走向"广的，广的世界"去了。

历尽千辛万苦，他终于得到首都。那时的美丽的 Pest[1] 呀——空气的海，光辉地浮涌着；在他的周遭，每处都是，辉耀，富丽，奢华和尊严。然而他在这一切之中，所能占有的，只是最末的一部分，这就是全匈牙利民族的特性。可怜的他，在这里，试练遍了自然给与他的才能。最先的一次，他加入了"艺员竞技团"，于是我们的诗人，就成为一个优伶了。他在国家剧院担任了"哑剧员"的职务，这却是他不幸的开始，并且和先前忍耐着的不幸一比较，还更显得黑暗了。多回的抑郁和失败，不过，使他得到许多知识。以后，他得了一个 Pest 的亲戚的援助，走向 Aszzonfa 去。在这小地方受些小苦之后，他血脉中的大冒险的精神刺激他，有一天他终于走到 Komorn 去投名入伍，作为常备军中的一员了。

这时——照 Jokai（育珂）的想象——他只好成了一个真的滑稽的兵士，一个兵士 Schiller[2] 的诗而加以头盔，Horaz[3] 的歌交以药袋。他在站岗的时候，袋里也藏着一本"荷马"，这很足使人想起卓绝的 Seume，到 Syrakus 去的勇敢的"闲行者"的图画来。

然而我们的诗人的"穿王家制服"时期并不长，只继续了两年，在一八四〇年他就退出队伍了。但这短短的包两色布的一段时间里，却很够他向生活的真相投以深邃的观察，对自己的民众，也下个正常的批评，正如他后来在诗中痛苦地叫喊着的：

> "Magyar，不要注视未来的憧憬吧，
>
> 你枯坐暗中，微小又且悲沉——
>
> 不要看民众尊严的伟大罢，
>
> 你无力的眼睛或将失明。"

---

[1] Pest：佩斯，匈牙利首都布达佩斯密集的居住区，位于多瑙河左岸。

[2] Schiller：席勒，德国诗人。

[3] Horaz：荷拉斯，古罗马诗人。

从此以后，他自称为"petofi"。只有几首在十五岁时所作的诗，是署着Petrovics 的。

以后呢，我们也要叫他那爱着的，信仰的，不朽的新姓名了：

"Petöfi Sándor"

二

同以前一样，他还是在许多的地方流宕，不安定的，冒险的，充着愁苦的。到后来，他心中觉醒了"学习"的要求，就到 Pápa 去。在那里不久，他为了面包的关系，又加入了一个流浪的剧团，一同漂泊了两个月。他似乎很配合得上各村的公众，因为在他诗的一首里，记载了他第一次的成功。

到了第七十一天，他别了舞台，依旧回到 Pápa 来，过他"交友"，"学习"和"诗歌"的生涯。并且为了生活的缘故，他交到了两个朋友：Moritz Jokai[1] 和 Samuel Orlai。这两人，在当时也和他一般的，是不被尊敬，注意的穷青年。他们都很快活，为了生活的需要，努力作诗，画画，朗诵。他们每人都有一种天才，一种足以引致财富，幸运，不朽的天才——Orlai 自拟于莎士比亚，Jokai 自拟为如神的拉斐尔，彼得斐却自拟于伟大的 Jalma。我们能看到，这些精明的人们对自己的审察是如何的错误，幻想是如何地狂背——因为 Jokai 成为次于 Eötvös[2] 的最好的小说家，Orlai 成为驰名的画家，而彼得斐又成为他所谓"神的冠上的花丛"的故国的大抒情诗人了。

彼得斐还是常常想起他的父母来。他觉得，他只要能够去看看他们，即使是徒步，走到二十哩以上的长途，也是情愿的。后来，他毕竟和他朋友 Orlai 一起走到 Duna-Vecse 去访他的老家去了。父母更形得衰老，但他父亲开的一家供平民饮玩的茶馆里，却已回响着他的诗歌了。——他的诗歌已有一部流入民众的心坎了。他在家住了一礼拜。

他的诗《家中的一晚》，《可爱的老茶馆》和特别感人的《黑面包》就是表白诗人在当时感到的，体验到的家乡的夜的世界。

大概就在这"Donan 水滨的小屋"中决定的罢，他后来又回到了 Pápa，对于"烛光灯影"的旧趣，使他重上舞台；但这次当他小心翼翼地，十二分

---

[1] Moritz Jokai：莫里兹 · 约凯，匈牙利作家。

[2] Eötvös：约瑟夫 · 埃奥特沃斯，匈牙利作家、政治家。

小心翼翼地走上台面的时候，他却给人家嘲弄了；就这在刹间，他美丽的"除下假面！"怕已在他灵魂中种下根苗了罢。

一八四二年来了，跟着就是在 Pressburg 举行的匈牙利国庆典礼。冒险家，旅行的贵妇人，学生，闲汉，juraten 的趾高气扬，佩剑铿锵的青年们，赌徒，以及放重利的恶商贾，各种人都向这古旧的皇都而来了。

彼得斐也将他拉杂的幻想告一结束；他一切对幸福追逐的结果却只是一笔债务而已。要是当时这位志气冲天的诗人没有容纳 Lissnvay 的忠告，那么，凭他有怎样不屈不挠的精力，也非心身交惫地颓落了不可罢。他从 Pressburg 跑到 Pest，决心以文学为生，这就是……就是以他那富于诗底创造力的，最有天禀的头脑，来翻译一种外国的不很动人的小说为匈牙利文。

但这对于一个十九岁的青年是太利害了：求名的狂热和严重的失望终于将他推到病床上去，直到他用书籍，方才拯救了他，因为是"书中自有一女妖，既诡智亦娇娆"的。他到后日，在诗中曾狂叫过："父哟！你为什么不使我留在犁边，为什么指示给我这些书籍？——这从地狱带到天堂的，这从星球上抛掷下来的书籍呢？"

好了，舞台又引诱了他，但是在 Debreczin 地方，他还是一样地遇着早年的失败；他就别了这个城镇，很苦的漂泊开去了。于是：

> "唉，唉，可怜的优俳，
> 疲乏地到处漂泊，——
> 没有汗衫，也没外衣，
> 只有饥饿他很富足！"

他就在他第一次扮演主人公的小剧团里做一个十分可怜的角色。但他不久又离去了，依然象福音书上的失掉了的儿子一样，赤着脚，穿着破衣，没有慰藉的流浪下去。

虽然他沉浸在上述的苦恼里，但他大半的醉歌却正在这时候，在 Debreczin 最末的屋子里写下的。

终于，在一八四三年，那个有势有力的法朗堪堡的伯爵记起这孤寂，怀疑世界的诗人了。他邀他到 Pest 去。彼得斐答应了他的邀请。并且，在不久之后，他又从一位可敬的能诗的公爵 Vorosmaity 那儿得到了父亲一般的爱；

获得一个博学著名的团体"Remzeti Kör"作为他诗歌大量的出版者了。

这些诗歌所得的成功是很伟大的，出人意外的。它们有如亲昵的故人，野中的鲜花——赐与力量的，馥郁芬芳的，眩人眼目的；有十分的生命在它们中间喷涌，Tokay 葡萄所沸腾的热情，梵阿林弦上流滑下的悲哀，奢逸的匈牙利舞的肉感的狂欢，月光银辉浸浴牧原的朦胧，渔夫天真的歌吟，Betryaren 人狡恶的作乐，贵族的无天无法的傲态，——这一切都象一个集成千万声音的和韵一般在这位"自然诗人"（如一个嫉妒的批评者蔑称的）的诗歌里回响出来。

Kertbeny 用很有力的文字尽力给彼得斐颂扬，说他是第一个使下层民众走入文学领域的匈牙利作家；是第一个在诗歌中歌唱民主精神的诗人；是一个用血肉来复活希腊美丽而冷硬的大理石神像的匠手；是一个实现了挽救衰颓乐园的希望的神人；是一个对"贵族之国"鼓舞自由精神的煽动者。这果真是对的，到了后来，就是他最初的制作也被视为"民众"的盾甲——抵抗一切危险，沉沦和灭亡的盾甲了。民众唱着他的歌，便鼓舞起精神来了。他的诗歌，他的智慧，都和磁石矿一般地显出伟大的作用来。于是，这位饱尝失败的彼得斐，也和拜伦一样，过了一夜便闻名了。

现在，他歌颂葡萄和桂冠，他得意，如他母亲的意，于他的荣誉；所以他只要求一件东西了，这是：

"自身的黄金的欢乐。"

而在这一切胜利之中，他的青年的爱人，Etelka 却死去了。

他说她"……不是凡母所生，有如在五旬节的黎明时微风嘘开的玫瑰一样"。

他依着风俗，只好虔诚地将她放进棺里去。

<h1 style="text-align:center">三</h1>

Etelka 死后，他厌恨了 Pest，就到 Debreczin 去；那里人家要他参加的事情，也没有使他愉快，只徒然勾起他痛苦的想念来。"1843—44 那个冬天，我也就将光阴花费在这个丰腴的城里……受饥挨渴，贫病交加的依着一个良善的老妇过日，呵，愿上帝祝福她！要不是她可怜我，那我现在怕是在另一世界给你写信了。我在那时，是一个孤独潦倒的青年伶人，谁曾注意过我呢？谁曾睬理过我呢？而如今就在三年半前我曾扮过一个可怜角色的剧院

里，博得很高的采声，观众雷一般地叫：'彼得斐·山陀尔万岁！'但我再过几年重来，谁还会想到他曾给我编过花圈呢？所以这就是所谓荣誉——来来，又去了！而且这也就是世界——给你捧场，转瞬却已忘了你啦！匈牙利人是善于遗忘的人们，我的声名也难垂永久的。"……

岁月鼓着翅膀，卷向前去，差不多每年都能从彼得斐笔下，拿得一本新的作品。出版家和新闻纸争着要他的诗，所给的酬报是空前地高的。并且他的荣誉不限于国内，外国也开始翻译他的诗歌，最先就是 Adolf Dux 德译本的出现；彼得斐是名闻世界的了。但这一切的荣誉和成功依然不足使这诗人幸福，因为他想着祖国的未来，心里比想念 Etelka 还要痛苦。这"世界自由"梦者的天才预知将来的暴乱，匈牙利是必要流血的。他时时警惕着去想着民众！

那直至一八四八年还存立的可笑的匈牙利贵族的特权时常激怒了他，他这样写：

"你们到刑台上去高傲罢，你们贼，强盗们，人家要把你们挂上绞架去的！"

对于"外国的匈牙利人"他叫道：

> "你们祖国的疮疣，
> ——我这样称呼你们，多么战栗——
> 愿我，我是一团烈火，
> 得烧掉你们的罪恶，你们的血！"

"你们要在外国浪费你们的财产，难道祖国是了不起的富有吗？天将不收你们的魂，地难容你们的骨呵！"……

不过彼得斐是太愤怒了；匈牙利的贵族，由 Stephan Szechényi 伯爵指导，也曾在 Pest 建立了那迄今还存在的，在 Franz Pulssky[1] 精密管理之下的匈牙利国民博物院等等的。

在这样的暴怒和预感之中，他似乎已先知了他早年的，流血的天殇了。

---

[1] Franz Pulssky：弗兰兹·普尔斯基，匈牙利文学家、考古学家。

> "我可以知道……
>
> 当我死且冷僵，
>
> 在刑台或在战场，
>
> 谁会在我身旁，
>
> 静静的守着祈祷？"

　　然而彼得斐，以他那么强烈的爱和憎，虽然他没有，完全没有享受了人生的幸福，荣誉和尊敬，但他毕竟是有精力，有灵感的人。当他第一章画像出现时，他觉得喜欢，这喜欢是表现在他给雕刻家 Tyroler 的那封德文信里的。他之关心他自己的髭须，甚于"该撒"（Kaiser）[1]，他不愿遗下一根毫毛。不过他之对于桂冠，却又不那么小气，……他很愿让给另外的天才，——当时继他而起的诗人 Johann Arany[2]。

　　"你知道——他写给一个朋友——Johann Arany，那作'Toldi'的诗人，是我的朋友吗？要是你没有读这部作品，那么我也徒然称赞它的价值，要是你读过了，那我也无庸多说了。这诗是纯朴的村人写的，在一间五尺长，差不多三步阔的小房子里，然而，这却是很整齐的诗篇！诗神现在不再贵妇似的，她要顺从地接受这时代的进步和口号：'民众万岁'了。她是要从崇高的 Helikon 降到简陋的村舍里来了。唉，我也生在一个村舍里，这是我的快乐哟！……"

　　可是彼得斐也遇到过天才的误解，一如哥德和席勒似的。有一部以迁居伦敦的 Zerffi 为首的批评家，恭维陨星一闪似的 Hiador（原名 Pául Jámbor）远在彼得斐之上。

　　固然，那个摇着灼热的诗的 Jámbor，在"一个贵妇人"看来，也不能不谓是一个天才，但他毕竟是被青年所遗忘的，因为彼得斐的光是永久清朗朗地在闪耀。但这里也有使彼得斐醉饱的"新的爱光"。当女诗人 Julie Szendrey[3] 一近了他时，他什么都忘了，什么荣誉，毁辱，都置之度外了。

　　"这是夜，一个静穆的，繁星灿烂的，月辉清耀的夜——没有一些细响

---

[1] 该撒（Kaiser）：凯撒，德国剧作家。

[2] Johann Arany：约翰·阿拉尼，匈牙利诗人。

[3] Julie Szendrey：森德莱·尤丽亚，彼得斐的妻子。

或高声，只有一个夜莺在歌唱，这，就是我的心哪！……美的女郎哟，在我青春的曙光中，我就在追求你了。我踏尽了天下，走遍了世界，但总是失望着，总只有向一个幻影祈祷，而如今你是这个幻影了！"……

这次，他的爱是幸福的，他的诗响得如同百灵的赞歌，直冲九霄。他在一个寂寞荒凉的农村里举行了婚礼，并且为了 Julie 的关系，决心放弃了他长久打算好的计划不再去访莎士比亚的故乡（他当时正译他的 Coriolan[1]）和他所爱好诗人 Béranger[2] 的热情的法兰西了。

要是这个后者，是被称为"有魔爪的夜莺"，那么彼得斐就是"有莺喉的鹭鸟"了。有人比他为 Heine[3]，但这是多么不相称的比拟呵！

现日的匈牙利不消说，不是一八四八年前的匈牙利，也不复是革命后四年的匈牙利了。谁若要知道一八五二年前的匈牙利，他该读彼得斐，Arauy，Vörösmarty，和原出匈族，以德文作诗的 Karl Beck[4] 及 Nicolaus Lenan。若他要知道现在的，那他该读 Joseph Kiss，他虽不是最民众化的，但也算是现时最普遍的匈牙利抒情诗人了。

回到彼得斐来！……他现在是过一种安乐的幽居生活了，以前那么暴怒着的人，也终于有一天安静了下来，他以前在诗里那么徒然地憧憬着的目的，也终有一日给达到了，——现在是，他有一颗专为他而跳的爱的心了！

过后，他又变了一个儿子的父亲，这使他喜悦，叫他为"灵魂的稚芽"。

然而，"正如麦轻摆着"欢迎游人一般的，突然地，一八四八年的三月十三早晨，血红的，然而号召幸福的早晨来了；这便使彼得斐由一个诗的和梦的人，一变而为实行的男子。

在三月十五那天，他就救出了 Tánsics，他是匈牙利第一个社会主义者，宣传者，为了共产主义的活动，被收在 Pest 的新监里的。

彼得斐马上捉住这次天启，他将他第一次为自由而呼号的诗"Talpra Magyar"送到群众里去。这声战争的口号"开步走，匈牙利人！"后来虽给长久地禁止了，在其原稿时代，却真简直和 Rouge de Lislé[5] 的《马赛曲》一

---

[1] Coriolan：《科里奥兰纳斯》，莎士比亚所作悲剧。

[2] Béranger：贝朗瑞，法国诗人。

[3] Heine：海涅，德国诗人。

[4] Karl Beck：卡尔·贝克，德国诗人。

[5] Rouge de Lislé：鲁热·德·里勒，法国诗人。

般地煽动了群众的热情。他是和 Tyrtäns[1] 的七弦琴般的狂暴起来了。这首歌将匈牙利革命的高潮，激得异常猛烈，整个故乡痛苦地呼喊它的孩子了。他们答他的问：

> "什么，什么时候，
> 喇叭会雷样的发吼？"

是用哄然的喊声：

> "武装起来！"

四

我不愿把这些悲惨的故事同许多的错误，失败，延宕，在此费了时间来写；只关于这跟着自由的圣光而去的诗人，我是要讲一些的。——他执着剑，冲入战士的队伍，去实行他的格言了：

> "爱比生命更可贵，
> 但为自由尽该抛！"

在 Perczels 的上部匈牙利的 Siebenburger，他在有才干的 Bem 身旁，用剑和语言打着仗。

在一八四九年的开头，"自由"是宣布了，他也和十二个重要的革命领袖共享这次欢乐，他的诗歌就是他最好的告白者。不过随着民众给他创造的旋律而来的，却是 Houveds 的大队，于是，在三色旗下，又激起了一个新的战争。

无论如何，命运是不能轻减这世界给一个最有力的灵魂，一个为自由，正义，祖国而跳的心所预备下的绞架底凌辱的。他终于找到了一个光荣的，他所切盼着的死——死于为故乡的斗争之中了。他们将他被哥萨克马兵所踏死的地方作为圣地，这或许是他的痛苦；但无论如何，Világor 节日的莫可

---

[1] Tyrtäns：泰尔坦斯，雅典诗人。

名言的恐怖，和俄将 Paskiewitsch[1] 的傲慢，他可以不经验着了；他也可不再闻到这位将军对俄皇尼古拉的声音：

"匈牙利躺在陛下的脚下！"

他做着 Bem 的副官，死于一八四九年七月三十一日 Schássburg（Szegesvár）[2] 之战了。

"没有谁杀他，没有谁见他的尸身，"他的朋友 Jokai 这样说，匈牙利和全世界也都同样的说。

死后，人们还闹了他显灵的故事，有时一个说看见他，有时另一个说看见他，那样闹了好久，直至个个人相信他死了的时候为止。这种显灵一部是虔诚的错觉，一部是故意的捏造，一部是无理的欺骗罢了。

> "什么是荣誉？——虹之一现，
> 泪中闪烁的日光……"

他的国人每一想到他们这二十七岁的，将很大贡献给他们的，为他们殉难的诗人时，常不禁脱口念出这两句诗来。

在他那个"年青的，美丽的妻，生命的华饰"，那等待是太久了。所以在一八五二那年，彼得斐还在当作失踪而追寻着的时候，官报却依了"他的夫人之请"宣告了他的死耗，于是彼得斐夫人就不久嫁给了别人。

这就是世事的姿态！……

五

而现在呵！……Julie Szendrey——Petöfi 是死了，诗人的儿子也死了，Zoltán 没有实现他父亲的遗志；匈牙利也变得不同了，这是更好了呢，更有幸了呢，还是更坏了呢？——那只有待来日为之解答。但在这美丽的大地之上，却总浮动着一种罗曼谛克的神奇。

一八八二年十月十五那天，彼得斐的铜像，在 Buda-Pest 竖立起来了。在一个寺院之前的广场上，立着这田园的诗人。足下展开一个市场。渔人们

---

[1] Paskiewitsch：帕斯基耶维契，俄国将军，曾镇压马扎尔人起义。

[2] Schássburg：匈牙利城市。

会来谛视他，娼妇们会向这"太阳神"眨着奇怪的眼。

以下我要抄一首 Heinrich Gluckmann 做的咏他铜像的诗：

迷雾下降，星光明亮，
挺立着诗人的铜像，
庄严的花圈围在周身，
他的精神尚由花的热情，沸腾。

千颗泪珠中发微音：
和匈牙利过早，过早离分，——
还在青春可爱的时节，
火的情感充着豪气，臂充着力！

洪涛的年分，大的时代，
你是最美的涌出的花瓣，
你的歌是踩躏者的死耗，
你的歌是我们自由的灵鹊赞文！

你是我们的旗，我们的旌，
火的柱石，伟大的首领，
你导我们跃出奴从的昏雾，
走向光明烁闪的自由皇土。

你用宝剑砍断我们的锁链，
你用火舌熔烧了钢刚铁坚，
你的声如洪雷，响动大陆，
如闪电的光，在穹宇互逐！

下界的心都已燃烧，
寸火也瞬息集成狂熛，
我们又觉得如同胞般密接，

我们滋生了无限的大力！

如今哟！……无论自由有否获得，
你点燃的熛火总不熄灭，
以无限的奋勇往前燃烧，
终有一日实现——你的遗教。

你的语言鼓动未来的青年，
它的精神培养了多少后辈，
你现在休息罢，你匈牙利的守兵，
把铜睛注视你美丽的故境！……

我们此后也可以引用 Dranmors 的话，"歌者又是战士，"于我们的大诗人

"Petöfi Sándor!"

译后小志：——这是一篇旧译稿，从一本由旧书摊买到的德译彼得斐诗集里译出来的。这篇文章并不好，经了坏的译笔之后，更加一塌糊涂，但我因为很敬仰彼得斐的为人，又见中国尽有介绍拜伦的文章，却从没有讲过彼得斐的，所以就贸然的把这不好的文章来和世人见见面。将来有机会，我希望能由自己来作篇介绍，比这更有系统一些，更详细一些。并且，我现今正在译他的诗，或者有机会也可供诸位一读。——再，我译文里写了很多外国字，这是我疏懒的结果，不肯费力将他译出，希读者原谅。

（原载 1929 年 12 月 20 日《奔流》第 2 卷第 5 期
《译文专号》，署名白莽。）

附 录

中国无产阶级革命文学和前驱的血

鲁迅

中国的无产阶级革命文学在今天和明天之交发生，在诬蔑和压迫之中滋长，终于在最黑暗里，用我们的同志的鲜血写了第一篇文章。

我们的劳苦大众历来只被最剧烈的压迫和榨取，连识字教育的布施也得不到，惟有默默地身受着宰割和灭亡。繁难的象形字，又使他们不能有自修的机会。智识的青年们意识到自己的前驱的使命，便首先发出战叫。这战叫和劳苦大众自己的反叛的叫声一样地使统治者恐怖，走狗的文人即群起进攻，或者制造谣言，或者亲作侦探，然而都是暗做，都是匿名，不过证明了他们自己是黑暗的动物。

统治者也知道走狗的文人不能抵挡无产阶级革命文学，于是一面禁止书报，封闭书店，颁布恶出版法，通缉著作家，一面用最末的手段，将左翼作家逮捕，拘禁，秘密处以死刑，至今并未宣布。这一面固然在证明他们是在灭亡中的黑暗的动物，一面也在证实中国无产阶级革命文学阵营的力量，因为如传略 [1] 所罗列，我们的几个遇害的同志的年龄，勇气，尤其是平日的作品的成绩，已足使全队走狗不敢狂吠。

然而我们的这几个同志已被暗杀了，这自然是无产阶级革命文学的若干的损失，我们的很大的悲痛。但无产阶级革命文学却仍然滋长，因为这是属于革命的广大劳苦群众的，大众存在一日，壮大一日，无产阶级革命文学也就滋长一日。我们的同志的血，已经证明了无产阶级革命文学和革命的劳苦大众是在受一样的压迫，一样的残杀，作一样的战斗，有一样的运命，是革命的劳苦大众的文学。

现在，军阀的报告，已说虽是六十岁老妇，也为"邪说"所中，租界的巡捕，虽对于小学儿童，也时时加以检查；他们除从帝国主义得来的枪炮和

---

[1] 1931 年 4 月 25 日《前哨·纪念战死者专号》有"左联"五位烈士小传，分别是：李伟森、柔石、胡也频、冯铿、殷夫。

几条走狗之外，已将一无所有了，所有的只是老老小小——青年不必说——的敌人。而他们的这些敌人，便都在我们的这一面。

我们现在以十分的哀悼和铭记，纪念我们的战死者，也就是要牢记中国无产阶级革命文学的历史的第一页，是同志的鲜血所记录，永远在显示敌人的卑劣的凶暴和启示我们的不断的斗争。

为了忘却的记念

鲁迅

一

我早已想写一点文字，来记念几个青年的作家。这并非为了别的，只因为两年以来，悲愤总时时来袭击我的心，至今没有停止，我很想借此算是竦身一摇，将悲哀摆脱，给自己轻松一下，照直说，就是我倒要将他们忘却了。

两年前的此时，即一九三一年的二月七日夜或八日晨，是我们的五个青年作家同时遇害的时候。当时上海的报章都不敢载这件事，或者也许是不愿，或不屑载这件事，只在《文艺新闻》上有一点隐约其辞的文章。那第十一期（五月二十五日）里，有一篇林莽先生作的《白莽印象记》，中间说：

"他做了好些诗，又译过匈牙利诗人彼得斐的几首诗，当时的《奔流》的编辑者鲁迅接到了他的投稿，便来信要和他会面，但他却是不愿见名人的人，结果是鲁迅自己跑来找他，竭力鼓励他作文学的工作，但他终于不能坐在亭子间里写，又去跑他的路了。不久，他又一次的被了捕。……"

这里所说的我们的事情其实是不确的。白莽并没有这么高慢，他曾经到过我的寓所来，但也不是因为我要求和他会面；我也没有这么高慢，对于一位素不相识的投稿者，会轻率的写信去叫他。我们相见的原因很平常，那时他所投的是从德文译出的《彼得斐传》，我就发信去讨原文，原文是载在诗集前面的，邮寄不便，他就亲自送来了。看去是一个二十多岁的青年，面貌很端正，颜色是黑黑的，当时的谈话我已经忘却，只记得他自说姓徐，象山人；我问他为什么代你收信的女士是这么一个怪名字（怎么怪法，现在也忘却了），他说她就喜欢起得这么怪，罗曼谛克，自己也有些和她不大对劲了。就只剩了这一点。

夜里，我将译文和原文粗粗的对了一遍，知道除几处误译之外，还有一个故意的曲译。他像是不喜欢"国民诗人"这个字的，都改成"民众诗人"了。第二天又接到他一封来信，说很悔和我相见，他的话多，我的话少，又冷，好像受了一种威压似的。我便写一封回信去解释，说初次相会，说话不多，也是人之常情，并且告诉他不应该由自己的爱憎，将原文改变。因为他的原书留在我这里了，就将我所藏的两本集子送给他，问他可能再译几首诗，以供读者的参看。他果然译了几首，自己拿来了，我们就谈得比第一回多一些。这传和诗，后来就都登在《奔流》第二卷第五本，即最末的一本里。

我们第三次相见，我记得是在一个热天。有人打门了，我去开门时，来的就是白莽，却穿着一件厚棉袍，汗流满面，彼此都不禁失笑。这时他才告诉我他是一个革命者，刚由被捕而释出，衣服和书籍全被没收了，连我送他的那两本；身上的袍子是从朋友那里借来的，没有夹衫，而必须穿长衣，所以只好这么出汗。我想，这大约就是林莽先生说的"又一次的被了捕"的那一次了。

我很欣幸他的得释，就赶紧付给稿费，使他可以买一件夹衫，但一面又很为我的那两本书痛惜：落在捕房的手里，真是明珠投暗了。那两本书，原是极平常的，一本散文，一本诗集，据德文译者说，这是他搜集起来的，虽在匈牙利本国，也还没有这么完全的本子，然而印在《莱克朗氏万有文库》（Reclam's Universal-Bibliothek）中，倘在德国，就随处可得，也值不到一元钱。不过在我是一种宝贝，因为这是三十年前，正当我热爱彼得斐的时候，特地托丸善书店从德国去买来的，那时还恐怕因为书极便宜，店员不肯经手，开口时非常惴惴。后来大抵带在身边，只是情随事迁，已没有翻译的意思了，这回便决计送给这也如我的那时一样，热爱彼得斐的诗的青年，算是给它寻得了一个好着落。所以还郑重其事，托柔石亲自送去的。谁料竟会落在"三道头"之类的手里的呢，这岂不冤枉！

二

我的决不邀投稿者相见，其实也并不完全因为谦虚，其中含着省事的分子也不少。由于历来的经验，我知道青年们，尤其是文学青年们，十之九是感觉很敏，自尊心也很旺盛的，一不小心，极容易得到误解，所以倒是故意回避的时候多。见面尚且怕，更不必说敢有托付了。但那时我在上海，也有一个惟一的不但敢于随便谈笑，而且还敢于托他办点私事的人，那就是送书去给白莽的柔石。

我和柔石最初的相见，不知道是何时，在那里。他仿佛说过，曾在北京听过我的讲义，那么，当在八九年之前了。我也忘记了在上海怎么来往起来，总之，他那时住在景云里，离我的寓所不过四五家门面，不知怎么一来，就来往起来了。大约最初的一回他就告诉我是姓赵，名平复。但他又曾谈起他家乡的豪绅的气焰之盛，说是有一个绅士，以为他的名字好，要给儿子用，叫他不要用这名字了。所以我疑心他的原名是"平福"，平稳而有福，才正中乡绅的意，对于"复"字却未必有这么热心。他的家乡，是台州的宁海，这只要一看他那台州式的硬气就知道，而且颇有点迂，有时会令我忽而想到方孝孺，觉得好像也有些这模样的。

他躲在寓里弄文学，也创作，也翻译，我们往来了许多日，说得投合起来了，于是另外约定了几个同意的青年，设立朝华社。目的是在绍介东欧和北欧的文学，输入外国的版画，因为我们都以为应该来扶植一点刚健质朴的文艺。接着就印《朝花旬刊》，印《近代世界短篇小说集》，印《艺苑朝华》，算都在循着这条线，只有其中的一本《蕗谷虹儿画选》，是为了扫荡上海滩上的"艺术家"，即戳穿叶灵凤这纸老虎而印的。

然而柔石自己没有钱，他借了二百多块钱来做印本。除买纸之外，大部分的稿子和杂务都是归他做，如跑印刷局，制图，校字之类。可是往往不如意，说起来皱着眉头。看他旧作品，都很有悲观的气息，但实际上并不然，他相信人们是好的。我有时谈到人会怎样的骗人，怎样的卖友，怎样的吮血，他就前额亮晶晶的，惊疑地圆睁了近视的眼睛，抗议道，"会这样的么？——不至于此罢？……"

不过朝花社不久就倒闭了，我也不想说清其中的原因，总之是柔石的理想的头，先碰了一个大钉子，力气固然白化，此外还得去借一百块钱来付纸账。后来他对于我那"人心惟危"说的怀疑减少了，有时也叹息道，"真会这样的么？……"但是，他仍然相信人们是好的。

他于是一面将自己所应得的朝花社的残书送到明日书店和光华书局去，希望还能够收回几文钱，一面就拚命的译书，准备还借款，这就是卖给商务印书馆的《丹麦短篇小说集》和戈理基作的长篇小说《阿尔泰莫诺夫之事业》。但我想，这些译稿，也许去年已被兵火烧掉了。

他的迂渐渐的改变起来，终于也敢和女性的同乡或朋友一同去走路了，但那距离，却至少总有三四尺的。这方法很不好，有时我在路上遇见他，只要在相距三四尺前后或左右有一个年青漂亮的女人，我便会疑心就是他的朋友。但他和我一同走路的时候，可就走得近了，简直是扶住我，因为怕我被汽车或电车撞死；我这面也为他近视而又要照顾别人担心，大家都仓皇失措的愁一路，所以倘不是万不得已，我是不大和他一同出去的，我实在看得他吃力，因而自己也吃力。

无论从旧道德，从新道德，只要是损己利人的，他就挑选上，自己背起来。

他终于决定地改变了，有一回，曾经明白的告诉我，此后应该转换作品的内容和形式。我说：这怕难罢，譬如使惯了刀的，这回要他耍棍，怎么能行呢？他简洁的答道：只要学起来！

他说的并不是空话，真也在从新学起来了，其时他曾经带了一个朋友来访我，那就是冯铿女士。谈了一些天，我对于她终于很隔膜，我疑心她有点罗曼谛克，急于事功；我又疑心柔石的近来要做大部的小说，是发源于她的主张的。但我又疑心我自己，也许是柔石的先前的斩钉截铁的回答，正中了我那其实是偷懒的主张的伤疤，所以不自觉地迁怒到她身上去了。——我其实也并不比我所怕见的神经过敏而自尊的文学青年高明。

她的体质是弱的，也并不美丽。

三

直到左翼作家联盟成立之后，我才知道我所认识的白莽，就是在《拓荒者》上做诗的殷夫。有一次大会时，我便带了一本德译的，一个美国的新闻记者所做的中国游记去送他，这不过以为他可以由此练习德文，另外并无深意。然而他没有来。我只得又托了柔石。

但不久，他们竟一同被捕，我的那一本书，又被没收，落在"三道头"之类的手里了。

四

明日书店要出一种期刊，请柔石去做编辑，他答应了；书店还想印我的译著，托他来问版税的办法，我便将我和北新书局所订的合同，抄了一份交给他，他向衣袋里一塞，匆匆的走了。其时是一九三一年一月十六日的夜间，而不料这一去，竟就是我和他相见的末一回，竟就是我们的永诀。

第二天，他就在一个会场上被捕了，衣袋里还藏着我那印书的合同，听

289

说官厅因此正在找寻我。印书的合同，是明明白白的，但我不愿意到那些不明不白的地方去辩解。记得《说岳全传》里讲过一个高僧，当追捕的差役刚到寺门之前，他就"坐化"了，还留下什么"何立从东来，我向西方走"的偈子。这是奴隶所幻想的脱离苦海的惟一的好方法，"剑侠"盼不到，最自在的惟此而已。我不是高僧，没有涅槃的自由，却还有生之留恋，我于是就逃走。

这一夜，我烧掉了朋友们的旧信札，就和女人抱着孩子走在一个客栈里。不几天，即听得外面纷纷传我被捕，或是被杀了，柔石的消息却很少。有的说，他曾经被巡捕带到明日书店里，问是否是编辑；有的说，他曾经被巡捕带往北新书局去，问是否是柔石，手上上了铐，可见案情是重的。但怎样的案情，却谁也不明白。

他在囚系中，我见过两次他写给同乡的信，第一回是这样的——

"我与三十五位同犯（七个女的）于昨日到龙华。并于昨夜上了镣，开政治犯从未上镣之纪录。此案累及太大，我一时恐难出狱，书店事望兄为我代办之。现亦好，且跟殷夫兄学德文，此事可告周先生；望周先生勿念，我等未受刑。捕房和公安局，几次问周先生地址，但我那里知道。诸望勿念。祝好！

赵少雄一月二十四日。"

以上正面。

"洋铁饭碗，要二三只

如不能见面，可将东西

望转交赵少雄"

以上背面。

他的心情并未改变，想学德文，更加努力；也仍在记念我，像在马路上行走时候一般。但他信里有些话是错误的，政治犯而上镣，并非从他们开始，但他向来看得官场还太高，以为文明至今，到他们才开始了严酷。其实是不然的。果然，第二封信就很不同，措词非常惨苦，且说冯女士的面目都浮肿了，可惜我没有抄下这封信。其时传说也更加纷繁，说他可以赎出的也有，说他已经解往南京的也有，毫无确信；而用函电来探问我的消息的也多起来，连母亲在北京也急得生病了，我只得一一发信去更正，这样的大约有二十天。

天气愈冷了，我不知道柔石在那里有被褥不？我们是有的。洋铁碗可曾收到了没有？……但忽然得到一个可靠的消息，说柔石和其他二十三人，已于二月七日夜或八日晨，在龙华警备司令部被枪毙了，他的身上中了十弹。

原来如此！……

在一个深夜里，我站在客栈的院子中，周围是堆着的破烂的什物；人们都睡觉了，连我的女人和孩子。我沉重的感到我失掉了很好的朋友，中国失掉了很好的青年，我在悲愤中沉静下去了，然而积习却从沉静中抬起头来，凑成了这样的几句：

> 惯于长夜过春时，挈妇将雏鬓有丝。
> 梦里依稀慈母泪，城头变幻大王旗。
> 忍看朋辈成新鬼，怒向刀丛觅小诗。
> 吟罢低眉无写处，月光如水照缁衣。

但末二句，后来不确了，我终于将这写给了一个日本的歌人。

可是在中国，那时是确无写处的，禁锢得比罐头还严密。我记得柔石在年底曾回故乡，住了好些时，到上海后很受朋友的责备。他悲愤的对我说，他的母亲双眼已经失明了，要他多住几天，他怎么能够就走呢？我知道这失明的母亲的眷眷的心，柔石的拳拳的心。当《北斗》创刊时，我就想写一点关于柔石的文章，然而不能够，只得选了一幅珂勒惠支（Käthe Kollwitz）夫人的木刻，名曰《牺牲》，是一个母亲悲哀地献出她的儿子去的，算是只有我一个人心里知道的柔石的记念。

同时被难的四个青年文学家之中，李伟森我没有会见过，胡也频在上海也只见过一次面，谈了几句天。较熟的要算白莽，即殷夫了，他曾经和我通过信，投过稿，但现在寻起来，一无所得，想必是十七那夜统统烧掉了，那时我还没有知道被捕的也有白莽。然而那本《彼得斐诗集》却在的，翻了一遍，也没有什么，只在一首《Wahlspruch》（格言）的旁边，有钢笔写的四行译文道：

> "生命诚宝贵，
> 爱情价更高；
> 若为自由故，

二者皆可抛！"

又在第二叶上，写着"徐培根"三个字，我疑心这是他的真姓名。

五

前年的今日，我避在客栈里，他们却是走向刑场了；去年的今日，我在炮声中逃在英租界，他们则早已埋在不知那里的地下了；今年的今日，我才坐在旧寓里，人们都睡觉了，连我的女人和孩子。我又沉重的感到我失掉了很好的朋友，中国失掉了很好的青年，我在悲愤中沉静下去了，不料积习又从沉静中抬起头来，写下了以上那些字。

要写下去，在中国的现在，还是没有写处的。年青时读向子期《思旧赋》，很怪他为什么只有寥寥的几行，刚开头却又煞了尾。然而，现在我懂得了。

不是年青的为年老的写记念，而在这三十年中，却使我目睹许多青年的血，层层淤积起来，将我埋得不能呼吸，我只能用这样的笔墨，写几句文章，算是从泥土中挖一个小孔，自己延口残喘，这是怎样的世界呢。夜正长，路也正长，我不如忘却，不说的好罢。但我知道，即使不是我，将来总会有记起他们，再说他们的时候的。……

二月七—八日

鲁迅致白莽（殷夫）信

（一九二九年六月二十五日）

白莽先生：

　　来信收到。那篇译文略略校对了一下，决计要登在《奔流》上，但须在第五六期了，因为以前的稿子已有。又，只一篇传，觉得太冷静，先生可否再译十来篇诗，一同发表。又，作者的姓名，现在这样是德国人改的。发表的时候，我想仍照匈牙利人的样子改正（他们也是先姓后名）Petöfi Sándor。

　　《奔流》登载的稿件，是有稿费的，但我只担任编辑《奔流》，将所用稿子的字数和作者住址，开给北新，嘱其致送。然而北新办事胡涂，常常拖欠，我去函催，还是无结果，这时时使我很为难。这回我只能将数目从速开给他们，看怎样。至于编辑部的事，我不知谁在办理，所以无从去问，李小峰是有两月没有见面了，不知道他在忙什么。

　　《Cement》译起来，我看至少有二十万字，近来也颇听到有人要译，但译否正是疑问，现在有些人，往往先行宣传，将书占据起来，令别人不再译，而自己也终于不译，数月以后，大家都忘记了。即如来信所说的《Jungle》，大约是指北新豫告的那一本罢，我想，他们这本书是明年还是后年出版，都说不定的。

　　我想，要快而免重复，还是译短篇。

　　先回说过的两本书，已经带来了，今附上，我希望先生索性绍介他一本诗到中国来。关于 P 的事，我在《坟》中讲过，又《语丝》上登过他几首诗，后来《沉钟》和《朝华》上说过，但都很简单。

迅上
六月廿五日